EERST DE MAN

YOUP VAN 'T HEK

EERST DE MAN, DAN DE BAL

THOMAS RAP
STAALSTRAAT 10
AMSTERDAM

Voor Roel

INHOUD

HOEKJE

Een hoekje van de wereld. Singapore. Dertig KLM-stewardessen en wat opgeschoten piloten in een anonieme hotelkamer. Het is twee uur 's nachts. Gelukkig niet te veel oranje. De kamer is te klein en de tafels moeten eraan geloven. Naar de gang.
'Het zijn wel vier crews door elkaar,' legt iemand uit en ik denk aan die ene Japanner met dat beslissende zakengesprek die morgenochtend om acht uur op moet. Hij heeft toevallig de kamer hieronder gehuurd en ligt zich nu af te vragen wat er boven hem gebeurt. Dan moet er nog gescoord worden. Iedereen zoekt zijn plek, de airconditioning gaat op 100, de receptie belt of het rustig kan. Dat kan niet. Afgelopen dinsdag in het vliegtuig werden wij welkom geheten door purser Stukje.
Mijn naam is Stukje en ik ben uw purser.
Later vroeg ik haar of dit haar voornaam was. Nee. Het contact was gelegd en zij nodigde mij uit voor de wedstrijd. Nu is Singapore zo klein dat je elkaar vier keer per dag te-

genkomt en telkens riepen de mooiste meiden 'Tot donderdag'.
En nu zit ik op de tweeëndertigste verdieping van het Mandarin Hotel aan de bekende Orchard Road, geperst in de crewroom van de KLM en kijken we naar Nederland-Duitsland. Vier minuten gaat het goed, dan staat de Duitse keeper te ver voor zijn goal en breekt de hel in het kamertje los. Als Indianen huilen de stewardessen door de kamer en ik probeer ze me voor te stellen in die tuttige blauwe pakjes met die koffiekar in het gangpad van de 747. Dat lukt even niet. Het doelpunt wordt heerlijk herhaald. Elf minuten later is de chaos compleet, drie onthutste Lufthansa-gasten staren glazig naar de uitzinnige kluwen meiden met een enkele purser of steward ertussen.
Wat een poeier van die Witschge.
Ik denk aan die Japanse zakenman, maar ook aan al die anderen in dit hotel. Deze kamer krijg je met geen peleton ME meer stil. Vanuit mijn ooghoek zie ik dat de hoorn van het toestel ligt. Dat lijkt me in dit geval het beste. Alles schreeuwt zich door de rust. Omdat het hier nacht is heeft iedereen überhaupt al wat gedronken. Ik zie de Duitse copiloot in heftige discussie met een Nederlandse collega. Het gaat niet over het werk. De Duitser had mij die avond ervoor in een café al toevertrouwd dat we nog nooit van hen hadden gewonnen.
'En in '88 dan?' vroeg ik.
Dat was hij vergeten. Jullie zijn wel meer jaren vergeten, dacht ik en vond de grap te makkelijk om hem ook werkelijk te maken.

Klinsmann gooit de spanning terug en het wordt beduidend stiller. We kijken zowaar weer naar de wedstrijd, het bier raakt op en ik zie een sprankje hoop bij de Lufthansa. Naast me begint een dame Duits te kakelen en mij de kansen uit te leggen. Volgens mij heeft ze me bij twee Nederlandse doelpunten omhelst en gekust. Is zij een foute Duitser of juist een goede? Ze heeft een bril. Het eindsignaal wordt niet gehoord. De hele kamer danst zonder muziek. De laatste restjes drank worden broederlijk verdeeld. De chaos is compleet en de orgie kan beginnen. De Duitsers blijven aardig en feesten zuur mee. De drank is tot de laatste druppel op. De Duitser van het café komt nog even terug op ons gesprek en herhaalt zichzelf vaak. Opeens maakt hij een plastic tas open en haalt er een ijskoud blikje bier uit. In de tas zitten er nog vier. Die zijn gauw –uiteraard onder gejoel– verdeeld. Dus hij had een eigen voorraadje opgebouwd. Al mijn vooroordelen worden bevestigd en ik vrees dan ook een finale tegen dezelfde tegenstander. Een tegenstander met een voorraadje.
Om zes uur doe ik mijn reputatie alle eer aan en verlaat als laatste de crewroom. Zelden zo'n puinhoop gezien. Ik leg de hoorn op de telefoon. De KLM is weer te bereiken.

BELGIË

Een vakantie aan de Belgische kust en ik beloof mijn kleine strandvoetbalvriend Ton om een keer naar een wedstrijd van Club Brugge te gaan. We hebben zes weken de tijd om een wedstrijd uit te kiezen.
Woensdag was het zo ver. Club Brugge-Standard Luik.
Alles is ideaal. In plaats van met zijn tweeën gaan we met zijn negenen, het weer is top, het restaurant serveert een prachtige steak nature met genoeg frites, we zijn ruim op tijd op de tribune en lachen nog wat na over de route van het restaurant naar het stadion. Dwars over het kerkhof van Sint Andries. Met duizenden Belgen struin je langs de graven.
De wedstrijd was abominabel, scheidsrechter Constantin leek op een bijna-homosexuele dameskapper met een slecht lopende zaak in Torhout en was zo nerveus over de nieuwe terugspeelregel, dat hij Brugge een vrije trap gaf toen een speler de bal terugtikte op de Luikse keeper zonder dat deze het leer in handen nam.

Het aardige was dat er toen nog een behoorlijke discussie op de tribune ontstond en het bleek al snel dat het halve publiek de nieuwe regel niet had begrepen.
Verder gebeurde er niks. Een speler van Brugge sloeg de bal expres uit het doel, kreeg rood en de penalty werd gemist. In de rust dronken we bier, vertelden elkaar dat het duizend keer leuker was dan in Nederland, geen dreiging, geen geweld. Aan beide zijden achter het doel stond wel een 'side' wat liedjes te kopiëren en het viel me op dat er vergeleken met Nederland niet een origineel deuntje langs kwam. Standaard won door een mooi doelpunt, Brugge deed niets meer terug en de wedstrijd bloedde tergend langzaam dood.
Het weer was nog altijd majestueus, de Belgen lief en onze auto stond zo mooi geparkeerd. We loofden het stadion, lachten nog een keer om de scheids, de kinderen deden een opgewonden Belg naast hen op de tribune na en het weer was eigenlijk nog aangenamer dan aan het begin van de wedstrijd. We waren aan ons zoveelste vakantie-ijsje toe en moesten alleen even wachten omdat de harde kern van Luik onder begeleiding van de Rijkswacht moest oversteken.
Naast mij stond een aardige Belgische jongen in een beetje sneue Club-Bruggetrui en hij vertelde dat het toch een schande is dat je niet meer gewoon naar het voetballen kan en dat dit soort oorlogsgedoe schering en inslag is. Ik, vader van drie kinderen, deed een schepje olie op het vuur en zelden waren twee wildvreemden het zo snel met elkaar eens.

Het was wat. Inderdaad. We konden zo samen hoofdredacteur van De Telegraaf worden en iedereen om ons heen was het met ons eens. We stonden uiterst gemoedelijk tussen goed christelijke jongeren. Het was EO-Landdag en we waren onderweg naar de toespraak van dominee Dorenbos in de verderop gelegen Flevohof.

De aardige jongen vertelde ook nog dat het altijd gelazer was als die uit Den Haag erbij waren. Brugge is namelijk verbroederd met FC Den Haag en Feyenoord met FC Antwerp. Het was voor mij allemaal nieuw, maar ik was niet bang, want we stonden niet tussen de hooligans. Integendeel.

Tot dezelfde trui begon te roepen: 'Wallons Go Home' en voor ik het wist deed iedereen mee. 'Joden' hoorde ik ook nog en bedacht dat Luik inderdaad richting Israël ligt. Opeens stonden al die zoontjes van de intens burgerlijke Brugse middenstand in lichterlaaie, ontpopten zich als duiveltjes en het bleek dat we middenin de hardste kern van Club Brugge stonden.

Erger nog: we hoorden erbij en niemand kon zien dat dat niet zo was. We zagen er met zijn negenen namelijk precies zo uit. Ik ben te klein om te zien wat er gegooid werd en wie er begon. Ik hoorde een politiehond, iemand riep 'lopen', voelde een stomp tussen mijn ogen, verloor mijn bril, zocht mijn dochter van elf en samen renden we terug richting het stadion met op onze onschuldige hielen de Belgische ME.

We vluchtten een tuin in en daar stond ik met mijn armen om mijn trillende dochter. Ik voelde me Woody Allen zon-

der bril. Toen we dachten dat de kust veilig was, moesten we weer een sprintje trekken. In het schijnsel van de blauwe zwaailichten bereikten we bang en opgelucht de auto. Op een zomerse avond met twee gezinnen naar het voetballen. Als ik in Nederland bij een stadion ben, ken ik de regels. Zie ik de harde kern aankomen, dan ga ik even rechtsaf, maar daar zie je ze tenminste. Hier in België zie je het niet. Misschien mogen ze er van hun ouders niet eng uitzien.
Vanochtend stond ik in de beleefde rij bij de dorpsbakker op mijn croissantjes te wachten. En in één keer wist ik het zeker: het is veel en veel erger. Ik sta hier midden tussen de vandalen.
Belgen?
Allemaal hooligans.

ONTSIERD

Mijn jongste zoon is vorige week twee geworden en houdt zich in het leven zeer goed staande met het woordje 'niet'. Ikke niet slapen, ikke niet eten, ikke niet jas aan, enzovoort. Hij heeft hier thuis dan ook de bijnaam Romario.

Vanwege Maartje kijk ik altijd graag naar NOS Laat en smul van het daaraan voorafgaande Sportjournaal. Dat smullen komt vooral door Sierd de Vos. Als Griselda (geen bijnaam) of Maartje een 'verslag van Sierd de Vos' aankondigt trilt het vaatwerk van genot in de afwasmachine. Het is ongeveer een half jaar geleden begonnen. Sierd was bij Sonja en meteen werd ik fan. Hij keek in de camera, roemde zijn vak, vertelde over de afgunst bij collega's als zij weten dat je bij Studio Sport werkt en ik was verkocht. Provinciejournalist ging op voor de ijdelheidstrofee en kwam na een optreden met een moddervette stip binnen op één. Joop van der Reijden en Jan des Bouvrie zijn hier amateurs bij. Als je bij Studio Sport werkt hoor je, volgens Sierd, bij de top. Mijn vader zei altijd over dit soort: 'Als niemand je kietelt moet je het zelf doen.'

Vanaf dat moment ben ik de man gaan volgen en slaap nog vaak heerlijk in als ik denk aan mijn eigen Sierd na de gouden race van Ellen van Langen in Barcelona:
'Zou je misschien even willen huilen in de camera? Kun je wat tranen laten lopen? Gewoon spontaan of zullen we even je vriend Hans bellen? Snik maar even.'
Daar stond de Harrie F. Kriele van de NOS de tranen uit onze doodvermoeide 800 meter-koningin te trekken. Ellen, nieuw, lief, verbaasd en onwetend pakte de portable van Sierd. Dat heeft haar later nog haar uitkering gekost en, naar ik mag hopen, een ton opgeleverd. Als dat niet zo is, is ze door de reclameratten belazerd. Ze is overigens meer waard.
En afgelopen week was Sierd er weer. Hoofdstuk twaalf uit de klucht De Souza Faria ziet er niet spannender uit dan de eerste elf van deze schelmenstreekroman, maar Sierd stond klaar.
Ikke niet trainen, ikke kwaad, ikke huilen en ikke niet praten kwam boos uit het clubhuisje en wilde meteen weg.
'Ikke niet praten,' herhaalde ikke niet trainen.
En toen kwamen de vertederende woorden van Sierd:
'Maar heel Nederland is bezig met Romario.'
Het was eruit. Sierd was ontsierd ofwel: aan zichzelf ontstegen. Hij, de Kuifje van Hilversum, stond voor zijn werk op Romario te wachten, was daarmee bezig en wat maakte hij van zichzelf? Heel Nederland. Heel Nederland is met Romario bezig. Dus Sierd de Vos is heel Nederland. Ik ben Sierd de Vos.

En ondertussen kabbelt de affaire-Romario door op dit niveau. De Maradona van Brabant, het enfant terrible van De Peel is voor twee wedstrijdjes geschorst, moet apart trainen en doet aanstaande zondag, na een goed gesprek met jeugdleider Hans Westerhof, gewoon mee. Niks aan de hand. Als hij niet meedoet moet hij inderdaad een andere club zoeken. Dan wordt PSV helemaal nooit een Europese topclub. Maar zondagavond zegt Sierd tegen Hans Westerhof: 'Heel Nederland dacht dat Romario niet mee zou doen.'
Alleen Sierd dacht dat en verder niemand. Ajax dacht het zeker niet, maar dat zijn dan ook Amsterdammers.

OUDERWETS

Als Mart Smeets voor de honderdste keer Vitas tegen het Arnhemse Vitesse zegt denk ik tegenwoordig alleen nog maar: komiek, doe iets aan je repertoire.
Voorlopig mag hij het weer vier jaar zeggen, want ik las vanochtend in de krant dat de NOS de miljoenenslag van RTL 4 heeft gewonnen. En eigenlijk is dat wel goed. Mart en Kees achter de balie, Evert en Eddy voor de middenmoters, Hugo voor de degradantjes en Theo voor het echte werk. Elke week de onvermijdelijke gast aan wie je ziet dat thuis de video snort en de hele familie nerveus meebibbert.
Ik moet er toch niet aan denken dat we voortaan zouden moeten afstemmen op RTL 4. Dit is bij ons thuis toch al een moeilijk vindbaar station en Barend en Van Dorp zijn aardige jongens, maar ze moeten niet vlak voor Keek op de Week. Dan wordt het pijnlijk. Het blijft Nederland nu ook bespaard dat papa Kraay de misdaden van zijn zoon Hans van commentaar moet voorzien.
'Daar haalt hij Silooy open op een manier die we bij ons

thuis niet eens van hem kennen en zo direct zal hij Bergkamp helemaal verrot schoppen. Dennis weet dat nog niet, maar dat heeft hij ons vanochtend aan het ontbijt beloofd. En daar gaat Roy kermend tegen de vlakte, terwijl hij daar vanochtend nog zo lovend over sprak. Vreemd. En als het goed is, neemt nu de fijnbesnaarde Barendse Wim Jonk op de korrel. De bedoeling is de achillespees te rafelen.'
Zeventien miljoen wordt er betaald en of dat veel is laat ik in het midden. Studio Sport is nou eenmaal het onbetaalbare uurtje op de zondagavond. Toen het vroeger nog Sport in Beeld heette, Bob Spaak er nog de scepter zwaaide, collega Kuiphof Tsjindval introduceerde en Koen Verhoeff alle reportages afsloot met 'Resumerend kunnen we stellen...', was het programma bij ons onderwerp van vele ruzies. Mijn moeder, die de hele zaterdag voor tien Van 't Hekjes had staan koken, vond het een vernedering als de hele familie om precies zeven uur van tafel snelde en voor de buis ging liggen. Mijn vader steunde haar en verbood ons een keer het diner te onderbreken. Hij had het duidelijk gesteld: er werd die avond niet gekeken. Dus om precies zeven uur zei mijn broer: 'We gaan niet kijken.' De rest viel hem bij. 'Schijnt trouwens wel een schitterende kopbal te zijn geweest van Keizer, maar ja, die kunnen we nou eenmaal niet zien,' sprak mijn andere broer zuigend. Hier moet bij dat vader Van 't Hek een blinde Keizer-fan was. Mijn andere broer keek opzichtig op zijn horloge met de woorden: 'Sjakie zal die tweede er nu wel ingeschopt hebben.'
'Ik denk dat die derde al afgekeurd is. De radio zei trouwens

dat het geen buitenspel was,' wreef ik wat zout in de open wonde.

'Ga in godsnaam allemaal kijken,' riep mijn vader om vier over zeven en we lagen al plat op ons buik voor de televisie. Hij bleef solidair bij moeder aan tafel, maar ze hield van hem en zei zacht: 'Ga toch ook lekker kijken, joh.' En weg was hij.

Later hebben we het een paar keer opgelost door na Sport in Beeld te eten, maar dan was de familie weer te dronken. De tussenoplossing was dat we alleen voetballen keken en dan gingen eten.

Paarden, motorcross, veldrijden en basketbal gingen toch aan ons voorbij. En daar zijn we nog altijd trots op.

Maar nu blijft alles dus bij het oude en dat is eigenlijk ook wel goed. Bepaalde rituelen moet je nou eenmaal niet veranderen. Dus zondagavond geen Jur Raatjes, maar ouderwets Mart: 'Dan gaan we nu kijken naar een lekkere samenvatting van RKC-Vitas.'

Hij moet ook maar geen Vitesse zeggen, anders raak ik zo in de war.

MONUMENT

Gisteravond las ik dat de FNV gevoetbald heeft tegen het VNO en dat de arbeiders met 7-1 hebben gewonnen. Dus dat wordt, wat de werkgevers betreft, volgend jaar toch maar weer hockeyen.

De hele dag loopt de heer Roffel door mijn hoofd. De heer Otto Roffel. Heer Roffel was ooit keeper bij GVAV en dat was in die tijd een drukke baan. Om het daarna wat rustiger aan te doen, is hij directeur van het Olympisch Stadion geworden en nu gaat hij, na minstens 20 jaar, met pensioen. Alle ambtenarenregelingen gelden voor de legendarische keeper en Otto zit nu lekker thuis, speelt een beetje met teletekst, zet eens een plaatje op, repareert het al lang beloofde ruitje in de achterdeur en komt eindelijk aan uitslapen toe. Het juk is van de schouders en de stress koekt niet langer aan de binnenkant van zijn kransslagader. Er wordt gewandeld. Met de hond.

Hedy doet dat ook. Hedy wandelt met de hond. Bij mij in de buurt. Dat is niet toevallig, want daar woont ze. We delen bijvoorbeeld groenteman Meijer en daar adviseer ik haar nog wel eens. Als Toneelgroep Amsterdam wat meer geld vraagt, dan vertel ik haar wat ze moet doen en als een danseresje tegen mij klaagt over haar abominabele salaris dan doe ik daar binnen twee weken iets aan. Meestal volgt ze mijn adviezen trouw op. Nou zeg ik ook niet van die domme dingen. Zeker niet bij de groenteman. Vorige week stormde Hedy binnen. Een geïrriteerd fronsje boven de ogen, niet kunnen kiezen tussen broccoli en lentepeultjes, de hond onrustig aan de riem en opeens stond er een blik lychees op sap op de toonbank. Ik moest ingrijpen.

'Wat is er?' pakte ik haar zachtjes vast.

'Is het Olympisch Stadion een monument?'

Ze vroeg het streng en keek me strak aan. Mijn antwoord was beslissend.

Minstens een keer per week kom ik langs de betonnen kolos en altijd knik ik even zachtjes. Er liggen namelijk nogal wat zoete herinneringen in dat bemoste grijs. Ajax-momenten die zonder video recorder bij me langskomen en altijd moet ik heel stil zuchten. Het stadion wordt provisorisch opgeknapt en gaat daarna voor eeuwig plat. Lijkt me een frustrerend klusje. De overkapping een beurt geven, eigentijds tintje erop smeren en weten dat het over vier jaar tegen de vlakte gaat. Oude weduwe nog een keer poederen voor haar sterfbed. Tot 1996 mag Ajax er nog proberen te schitteren en daarna komen er huizen, honderden premie nogwat woningen.

De Ellen van Langenstraat komt uit op het Anton Geesinkplein en vandaar kom je via de Jan Wieneseweg op het Ada Kokplantsoen. En daar moet ik dan gaan wonen. Ada Kokplantsoen 36. Een vrolijk gedrempeld woonerf. Ik weet namelijk dat daar, tussen de eettafel en de achterpui, de plek is vanwaar Piet Keizer de bal op 13 april 1969 achter de keeper van Spartak Trnava knalde: 3-0. De doelman droeg nog een trui met rugnummer 1. Waarom was dat zo'n belangrijk doelpunt? Ten eerste omdat het een beslissende goal was (Ajax verloor uit met 2-0) en omdat het Ajax de kans gaf om een finale te oefenen tegen AC Milan. Met boter en suiker werden we door de Italianen ingemaakt, maar daarna waren we klaar voor de drie volgende finales die winnend werden afgesloten. Toen begonnen de jaren waar iedereen die nu ouder dan dertig is, weemoedig aan terugdenkt. Wie werden er in het Olympisch geknipt, geschoren en met een ruwe handdoek afgedroogd? Celtic, Atletico, Olympique Marseille, Arsenal, Benfica, Bayern München, Real Madrid. Het beton trilt nog steeds een beetje na. Zal Ajax dit ooit nog herhalen of is dit in het Berlusconi-tijdperk onmogelijk. Deze ordinaire Milanees heeft een Ajax van toen duimendraaiend op de bank zitten en dat is niet leuk. Dan ben je een beetje zielig rijk. Ondertussen vut Roffel, schraapt het stadion nog een keer de keel, wordt dan meedogenloos neergehaald door de barbaren van de Stadsdeelraad Zuid en komt er een hoogpolig berbertje op de plek waar ooit Piet Keizer stond.

'Wat mag het zijn?' zegt de vrouw van groenteman Meijer.

'Monument,' knik ik naar Hedy en ze lacht prachtig en bevrijd.

HARMONIE

Bij mijn eerste liefde Linda hadden ze een hond, een Basset. Volgens mij werden er in die jaren ook schoenen van die beesten gemaakt. Die hond was zo'n buikschuiver met een paar van die slappe oren en van die hele luie ogen. Zo'n lome, verdrietige blik. Als je bij een opkomend griepje iets te lang naar hem keek, begon je spontaan hartverscheurend te huilen. Het was een beestje dat het in hockeykringen goed deed. Het was absoluut geen asielzoeker. Integendeel. Hij was uitsluitend te krijgen bij een oplichtend echtpaar in Harderwijk en je kreeg na het betalen van heel veel geld de hond, plus een Engelstalige stamboom en een cholesterolarm dieet voor het beestje mee. Getooid met een Engelse naam hingen de Bassets een beetje rond het clubhuis van de hockeyclub en stoorden zich zeer aan de speelsheid van de Golden Retrievers en het ordinaire, intieme gesnuffel van de vuilnisbakjes.

Als ik Dick Advocaat zie, moet ik altijd aan de hond van Linda denken. Dick kijkt altijd in de camera alsof hij net een pond hasjcake bij de thee heeft gesnoept. De oogleden zijn wel omhoog, maar de pupillen hebben de vraag nog niet helemaal gehoord. Even wennen aan het licht en dan volgt er nog een spannende stilte van luttele seconden. Hierna hoor je hem praten, maar waar komt het geluid vandaan? Uit zijn oren? Zitten er lippen in zijn kalende schedeldak? Je hoort hem wel, maar je ziet niks bewegen.

Tijdens het antwoorden bekijkt hij de vakantiefoto's uit Benidorm, helpt hij zichzelf herinneren dat hij Wim Jansen nog moet bellen en vraagt hij zich af of die Nederlandse reclameborden per vliegtuig komen of daar ter plekke worden geschilderd.

Een ontzettend aardige man, die zo in de showroom een Opel Manta kan verkopen en zich terughoudend, bescheiden opstelt in de buurt. Geen koninginnedagvierder met een oranje sjerp, zal ik maar zeggen. En omdat het mij zo'n aardige man lijkt vond ik hem zo sneu afgelopen woensdag.

Als Van Gaal verliest is het niet zielig. Die bijt van zich af, heeft een mening en gaat 's avonds thuis gewoon het gras maaien. Cruijff blijft na verlies ook altijd in de camera loeren met zo'n blik van: wat nou? Heb ik iets van je aan?

Maar Advocaat was zo sneu. Het is natuurlijk ook niet leuk als je tegen een ploeg als Noorwegen speelt. Ik vond de Noren, eerlijk gezegd, nogal aanstellerig. Steeds maar rennen, altijd maar dat tempo erin houden, haast hebben bij een ingooi, nooit eens even een balletje ontspannen rond spelen, maar steeds richting het Nederlands doel. Uitslovers. Voor internationaal woensdagavondvoetbal vond ik ze uiterst irritant. Het leek wel of ze wilden winnen. Ook die blijheid bij die goal kwam zo amateuristisch over. Het leken wel Denen, die waren ook zo uitzinnig toen ze Europees kampioen werden. Nou hadden wij dat in 1988 ook, maar ondertussen weten we gelukkig beter.

Jansma stelde nog een paar kritische vragen aan onze bondscoach, maar die stuitten gelukkig op zijn prachtige blik en het schijnt dat hij afgelopen nacht hardop in zijn slaap antwoord heeft gegeven. Het is de gewoonte om een verliezende trainer te ontslaan, maar ik bid en smeek de KNVB'ers de sympathieke Hagenaar bij de ploeg te houden. Zelden waren trainer en elftal in zo'n perfecte harmonie. Dick Advocaat is Rijkaard, Bergkamp, Van Basten en De Boer in een. Dick Advocaat is het Nederlands elftal. Zoals hij kijkt spelen zij, halen ze hun kousen op, maken ze hun veters vast en lopen ze in de catacomben richting de tribunes met naïeve blije Noren.

Laten we de wedstrijd kort samenvatten:

'Jammer dat u verloren heeft, meneer Advocaat?'

'Dat weet ik niet, ik heb nog geen krant gelezen.'

SUPPORTERS

Afgelopen winter was ik toch in Albertville en daarom heb ik Bart Veldkamp zijn gouden plak op de tien kilometer zien halen. Tussen de gouden rit van Bart en de Ceremonie Protocolair zat een uurtje of zes en heb ik heel rustig naar het Nederlandse supporterslegioen kunnen kijken. Mijn bek viel open.

Een Nederlands vlaggetje op de wangen getekend, een oranje pruik, klompen in die kleur, zelfgebreide truien met heel veel rood, wit en blauw, enzovoort, enzovoort. Steeds zag ik die huisvlijt. Zij breit onder Henny Huismans Surprise Show aan haar supportersgeluk en hij gaat, zodra het te moeilijke NOS Laat begint, naar het schuurtje om zijn klompen een laatste laagje te geven.

Het meest indrukwekkend waren de teksten. De losflodderige grapjes, de liedjes en de te scanderen originaliteit als 'wat zijn die Noren stil'. In één klap snapte ik de humor van Harrie Vermeegen, de kijkcijfers van Prijzenslag en het succes van Hans van der Togt.

Een jongen op de F-side die zich elke zondag in het roodwit van zijn club harnast begrijp ik gezien zijn leeftijd, maar op het moment dat mensen van boven de veertig zich ontpoppen als supporter krijgt het altijd iets zieligs. Afgelopen zaterdagmiddag kwam ik op het station van Ede drie provincie-Ajacieden tegen. Zij waren klaar voor de wedstrijd tegen Roda. Twee waren een jaar of 14 en de derde was de dertig ruim gepasseerd. Dat had zoiets hartverscheurends. Toen ik dichterbij kwam zag ik dat hij niet helemaal goed was. Aan deze types verhuur ik graag de ruime kamers van mijn hart. Ik dacht onmiddellijk aan de bejaarde ouders die hem zo graag gelukkig zien en hoe krijg je hem blijer dan in zijn supporterspak van Ajax? Dat gaat al jaren zo. Je zou zijn kamer eens moeten zien.
In Albertville zat er geen jeugd tussen en heb ik het IQ verder niet getest. De meesten gaven binnen drie minuten en een aardige sloot drank, een behoorlijke indruk van hun geestelijk leven. Oudere supporters zijn altijd zo zielig en ik vind dat zij eigenlijk verboden moeten worden in verband met de volksgezondheid. Je loopt met je kinderen op straat en opeens sta je bij de tramhalte met een oranje echtpaar dat onderweg is naar een wedstrijd van een van onze nationale teams. Die kinderen zijn bang dat dat moet als je later groot bent. Een tribune vol treurnis heeft nog iets, maar twee verwaaiden bij de halte van lijn 4 op een stille zondagmiddag op het Amsterdamse Frederiksplein is pure poëzie. Ik denk dat de directie van de Tour de France een heel eind met mij mee kan gaan en al jaren heeft gekeken naar de aankomst op

de Alpe d'Huez. In Albertville zag ik er driehonderd, maar op die Alp heb je er een paar honderdduizend. Gehuld in de onvermijdelijke campingsmoking, opgewonden door de hitte en elkaar opfokkend in lolligheid bestijgen zij bij zonsopgang de berg, krijten de namen van de favorieten (en in de ergste gevallen hun eigen namen) op het wegdek en weten dat zij op de terugweg uren in de oranje file mogen. Geeft niks, het is feest en we hebben toch vakantie. De campers ploegen door de Alpenweitjes, water gooiende korte broeken laten de coureurs doodsangsten uitstaan en het dronken legioen watert tegen alle bomen, puien, hekken en stallen. Buiten de honderdduizenden supporters gaan er namelijk ook nog even zoveel frikadellen, broodjes bal, blikjes bier en flessen jenever mee naar boven. En dat moet allemaal het dal in geürineerd worden. Volgend jaar gaat het feest niet door en ik denk dat heel veel modaal Nederland het bericht vloekend heeft gelezen. De vakantie was er al op afgestemd, de camping was al geboekt en Henk en Annie zouden dit jaar ook meegaan. Lachen joh. Vijfhonderdduizend landgenoten op een berghelling. Als dat geen lachen is, dan weet ik het niet meer. En ik denk ook dat zij in dat kleine dorpje heel diep zuchten en dat er vanavond een heel groot feest gegeven wordt.

BEESTEN

Mijn kinderen zijn gek op Artis en ik loop daar altijd knarsetandend met ze doorheen. Als mijn vrouw niet mee is, loop ik elke voorbijganger en oppasser ongevraagd uit te leggen dat ik niet ben gescheiden en ondertussen word ik innerlijk verteerd door een intens medelijden. Die zachte help-mij-toch-blik van de giraffes, de heimwee naar de jungle-schreeuw van de slingerapen, de heen en weer lopende schele wolf, de inmiddels psychisch gestoorde Bengaalse tijger, de moedeloze leeuw, enzovoort, enzovoort. En mijn zoontje maar uitbundig zwaaien en mijn dochter maar vragen waarom die tralies ervoor zitten. En mijn mond met tanden raakt steeds voller. Hoe leg je nou uit dat die beesten dat hartstikke leuk vinden?
De emir van Koeweit heeft onlangs de Londense Zoo gered en dat deed hij omdat de Engelsen hadden geholpen om zijn land te bevrijden. Vreemde actie, dacht ik toen. Je bedankt voor de bevrijding door een tuin met kooien te financieren!

Waarom staat dit stukje in een boekje over sport?
Omdat de kapitein van een veerboot de risico's te groot achtte om de paarden, die deze week moeten meedoen aan de internationale Military in Boekelo, over de Noordzee te vervoeren. Het stormde te hard en hij vond het waarschijnlijk zielig voor de dieren. Paniek in Twente. Er was een sterk deelnemersveld en bijna zouden alle beesten in Engeland moeten blijven. Er werd tachtig mille uit de sponsors geschud, twee Hercules C 130 vliegtuigen gecharterd en vierendertig vrolijke viervoeters werden naar het vliegveld Twente overgevlogen. Dat is nog eens dierenliefde. De beesten hebben onderweg vreselijk gelachen in die 'skyboxen' en ze hebben er nu extra veel zin in. Het parcours is lekker zwaar gemaakt, dus het is een dubbele uitdaging. De kans op een dwarslaesie is weer groter en als dat zo is, dan word je door de dierenarts lekker afgespoten. Dat is wel een voordeel, dan hoef je nooit meer aan zo'n paard-onterende Military mee te doen.
Al een paar keer heb ik op televisie een paard hartverscheurend zien kermen achter een hindernis en las ik de volgende dag dat hij nu liep te grazen op de Eeuwige Jachtvelden. Maar ik vraag me vaak af: springt zo'n ruiter zich ook weleens in een invalidenwagentje? En dan bedoel ik: levenslang! Wordt het niet eens tijd dat dat gebeurt? Niet dat ik dat iemand gun, maar soms bekruipt me weleens de gedachte: als ruiter zag ik je nooit zitten, maar nu wel.
'Nee,' sprak laatst een paard, 'ik wil graag geld verdienen, maar dat gun je je baas niet.'

En toen begreep ik het pas. Het gaat natuurlijk om geld. Dat ik daar niet eerder op gekomen was.

BOEKJE

Barend wou hem, Van Dorp natuurlijk ook, Karel ging voor de primeur, Sonja zocht een invalshoek en Hans van Breukelen zou het eerste exemplaar overhandigen. In de Vijf Uur Show. Onder het genot van een giechelende Catherine Keijl en een glaasje champagne. De titel was leuk, de instructies in het boekje waren duidelijk en met het oog op Sint Nicolaas lagen er al 80.000 exemplaren in het Centraal Boekhuis in Culemborg.

En de drukker perste er nog 70.000 stuks bij. Hij zou signeren in De Bijenkorf, Athenaeum vond het ook een ludiek idee en Jaap de Groot van De Telegraaf zou een groot interview van minimaal een pagina met hem maken. VI zou het cadeau doen als je abonnee werd, Elf had een leuk plan, de Bruna zou het stapelen naast de kassa, de AKO had er nog meer besteld en V&D had ook allerhande plannen. Het was vriendelijk geprijsd, elke vader zou het aan zijn zoon geven en andersom.

Henk van der Meijden zou zijn vrouw aan de tand voelen,

Panorama wou zijn jeugd doorlichten en Revu vroeg zich af of hij een wild nachtleven had. Een reportage in de Roxy leek hem wel wat. De bijbehorende video was klaar en ging voorlopig met 40.000 stuks de winkels in. Alleen de man van Vanessa was al goed voor de helft. Er was ook een mogelijkheid om én de video én het boek tegelijk te kopen. Dat was helemaal een koopje. Een stukje video werd gebruikt voor een tiental STER-spots en vanaf half november uitgezonden. Er was een jaar nagedacht over het produkt, een paar ton geïnvesteerd en iedereen geloofde er in. Alleen al de titel was een vondst.

Donderdagochtend was de paniek compleet. De reclameman, de directeur, het hoofd marketing, twee divisiedirecteuren en de verkoopleider zaten bij elkaar. Acht uur 's ochtends. Woensdagavond laat waren ze gebeld met de opdracht alle afspraken voor donderdag te annuleren. Acht uur op de zaak en om negen uur waren de jasjes al uit en de dassen los. Veel zwarte koffie, veel sigaretten en nog meer pijnlijke stiltes. Iedereen was het erover eens: er viel niets meer te redden. Niemand zou het kopen. Nu al De Slegte bellen? Was er iets te regelen met een of andere sponsor? Wie doet het boekje gratis bij zijn produkt? Hij mag de hele oplage tegen kostprijs hebben. Men wil zelfs nog daaronder. Wie wil? Philips? Sony? Het gaat toch om een aardige jongen en...

Er moet een persbericht uit, Free Record Shop belt al, de anderen faxen dat ze willen praten en...

Er wordt gescholden, een deur slaat, de taartjes van de jari-

ge telefoniste blijven onaangeroerd en wie belt de schrijver, de hoofdpersoon in dit drama? Schrijver is een beetje groot woord, maar het gaat wel om hem.
De rest had veel meer geblunderd, maar minder catastrofaal. Wat doen we? Niemand weet het en op het moment dat ik dit stukje schrijf brandt er nog steeds licht achter het beslagen raam van de uitgeverij. Niemand weet welke wending eraan gegeven moet worden en iedereen gist maar wat. Er worden balletjes opgegooid, suggesties gedaan en afgewezen, voorstellen weggewuifd en regelmatig kijkt men naar het prachtige boekje en de bijbehorende videoband. Er zal wel besloten worden om alles op de plank te laten en te wachten op betere tijden. Volgend jaar komt Sinterlaas weer en dan is hij vast weer in vorm. En het was zo'n mooie titel: *Keepen doet men zo*!

MILJOENEN

Al weken worden hoekjes van de kranten gevuld met teksten over de onderhandelingen tussen Johan Cruijff en zijn baas. Johan wil meer geld, vraagt zich af waarom de voorzitter zich druk maakt om een schijntje van 650.000 gulden op een begroting van honderd miljoen en hij legt via de kranten nog wat andere eisen op tafel. Natuurlijk staat Johan sterk. Kampioen van Spanje en een Europa Cup in een seizoen is veel en de Catalanen zullen hem daarom niet gemakkelijk laten gaan. Dat weet hij natuurlijk ook wel en dat hoort weer bij het spelletje van het onderhandelen. Toch heeft het ook iets zieligs. Dat het geld de hele dag over straat rolt. Ieder detail van het contract haalt Voetbal International en wordt door de familie Heuvelman, Balkenbrij 9 te Zoetermeer, uitgeplozen. Vader Heuvelman verslijt zijn leesbril op de sportpagina van De Telegraaf en ook zoon Henk heeft per jaar niet genoeg aan een paar lenzen om het allemaal te kunnen volgen.

Ook zij lezen het bedrag van 650.000 gulden alsof het om

een broodje kaas gaat. De karbonades worden met het nieuws overgoten. Johan is al jaren de jus over het avondeten. Terwijl moeder gulzig Hans van der Togt inhaleert praten zij over Johan. En ook wel over Frank, Marco en Ruud en over het geld van Frank, Marco en Ruud en over de huizen van Frank, Marco en Ruud en over de doelpunten van Frank, Marco en Ruud en over de vrouwen van Frank, Marco en Ruud.
Frank, Marco en Ruud hebben ook gelijk met hun eisen aan Berlusconi en Johan ook.
Flarden huursubsidie gaan door moeder Heuvelman, als je bij de Wehkamp koopt hoef je niet meteen contant te dokken en dat is de reden dat zij bij de Wehkamp koopt. Een andere reden is niet te verzinnen. Het is pas de 23ste vandaag, maar het saldo geeft alweer de 31ste aan. Kliekjes dus.
'Johan heeft gelijk,' zegt papa tegen zoon Henk en daarna gaat Maradona over de tong. Als een oude kennis.
'Die verdient in verhouding ook niet veel,' zegt vader en hij trekt een blik alsof hij iets naar het kleine dikkertje in Sevilla wil gireren. Ze gissen samen nog een kwartiertje naar het inkomen van Romario. Moeder heeft ondertussen genoten van Togtige Hans en uiteraard van haar twee jongens. Wat kunnen ze toch fijn met elkaar praten.
Er wordt afgewassen onder het journaal. Dat is toch alleen maar ellende en niemand wordt er wijzer van. Moeder wil nog wel even naar Arnie kijken. Die is ook zo uit het leven gegrepen.
'Wat zou Vaantje krijgen,' plonst Henk de borden in het

hete water. De conclusie van de beide mannen is: veel. Heel veel zelfs.
Oh heerlijk hoekje Johan Cruijff in alle kranten. Blijf altijd bestaan. Stukje Romario over geld, ga niet weg. Frank, Ruud en Marco geef ons meer details over jullie miljoenen. Maradona en Romario sla weer een paar trainingen over, duw een lijntje in je neus en maak de trainer uit voor een 'nul op batterijen'. Geef ons elke dag een shotje van dit nieuws. Als het maar over geld gaat en het liefst over voor ons onbereikbare bedragen als honderd miljoen. Wees nou eerlijk: op dat bedrag is 650.000 gulden toch een schijntje.
'Truste Henk.'
'Truste papa.'
Henk geeuwt zich de trap op. Voor hem morgen om half vijf de wekker. Krantenwijkje. Heeft ook wel weer een voordeel. Hij leest als eerste de sportpagina met het vervolg. Hij slaapt tevreden in. Als hij Johan was had hij ook met zijn portefeuille gezwaaid.

SOKKEN

Toen Louis van Gaal bekend maakte dat hij Bryan Roy uit de selectie geflikkerd had dacht ik, aan zijn toon te horen, dat de Duitsers ons land waren binnengevallen, er een Boeing op een flatgebouw was gestort of nog iets ergers. Hij zocht zijn woorden in een woordloze woestijn, woog ze lekker lang op zijn tong en liet ze tergend mooi naar buiten komen. Ze vielen als zware druppels in de microfoon van de aardige Hugo Walker.

Ik moest er vreselijk om lachen. Maar ik moet altijd lachen om op televisie pratende voetbaltrainers. Waarom? Omdat er geen leukere groep Nederlanders is die zo duidelijk laat merken dat ze weten dat de camera erbij is. Je ziet meestal alleen het hoofd, maar ondertussen fantaseer ik er altijd graag het HIJ-jasje, de clubdas, de broek en de witte sokken bij.

Je hebt zogenaamde 'witte-sokkentrainers'. Aadje de Mos is er een, Fritz Korbach soms, Beenhakker heeft ze in zijn Veendamperiode zeker gedragen en ook Louis van Gaal heeft een paar paar in de kast. Er hoort een cameljas bij, een long-drink (Bacardi-cola, gin-tonic) en geen biertje. Het zijn van die quasi, niet van hun stuk te brengen jongens, die graag zeggen:

'Zo gaat dat nou eenmaal in de voetballerij.'

Het woord 'jungle' schuwen ze ook niet. Hans Westerhof heeft geen witte sokken, Frank Arnesen zeker niet, Willem van Hanegem moet er niet aan denken en Rinus Michels zou niet eens weten wat voor sokken hij draagt. Johan Cruijff valt overal buiten.

Sinds woensdagavond hebben we er eentje bij. De absolute kampioen. In een keer met stip op de eerste plaats in het Witte-Sokkenklassement. Ton Ojers, de trainer van DCG. Dit is een Amsterdamse amateurclub die eerst NEC uit de beker geknikkerd heeft en het nu met FC Zwolle mocht proberen. Profs (?) op bezoek bij amateurs en dus een mooie aanleiding voor een sfeerimpressie bij Studio Sport. Trainer Ojers werd roomboter van zoveel aandacht en sprak voor de wedstrijd zijn Amsterdamse mannen toe. Hij sprak zoals hij nog nooit tegen hen heeft gesproken. Hij was op tv, bij zijn schoonmoeder snorde de video en er mocht geen woord verkeerd. Echt prachtig. In de oppepper tegen zijn jongens haalde hij op zijn manier nog even fel uit naar de KNVB die geen amateurtrainers toelaat op de cursus en eigenlijk moest DCG winnen om hem alsnog gelijk te geven. Hij had thuis geoefend voor de spiegel.

'Wat is er?' riep mevrouw Ojers naar de badkamer.

'Niks,' antwoordde de aardige Ton.

'Tegen wie heb je het dan?'
'Tegen niemand.'
In de file zag men hem in zichzelf praten, in de winkel liet hij onbewust twee klanten voorgaan en een voetgangerslicht sprong twee keer voor niks op groen. Hij kwam op televisie.
Woensdagochtend stond hij voor de sokkenla, de stropdas en het pak had hij al gekozen en hij ging automatisch voor de witte.
's Middags sprak hij zijn spelers toe en stond hij als een koning in zijn sokken. 's Avonds stond hij ervaren tegenover Mart en ontweek als een volwaardige trainer het antwoord over de door de KNVB geroyeerde Zwarte Schapen. Het enige wat nog ontbrak was de term 'Betaald Voetbal Organisatie' toen hij het over Zwolle had. Ik heb de videoband een keer teruggespoeld, maar gelukkig zei hij het.
Kortom: Ton wordt een hele grote.
In elk geval in Nederland.

CONDOOMSPELER

Dus Ajax speelt ternauwernood gelijk tegen FC Den Bosch, verprutst het tegen Guimaraes en onderhand zit Bryan Roy nog steeds op de bank. Als ik me dan toch aan mijn eigen club wil ergeren dan heb ik hem er wel graag bij. Want neemt u van deze seizoenkaartjongen aan: Bryan is hard nodig en wordt in ons vak node gemist.

Voorbeeld: hij gaat een man voorbij, twee man, pingelt zich in een onmogelijke positie, kan de bal gemakkelijk afgeven aan De Boer, doet dat niet, draait zich helemaal vast, redt zich daar op onnavolgbare wijze uit, reageert niet op de vrij staande Jonk en laat de bal op de meest knullige wijze over de zijlijn lopen. Ondertussen hebben wij dertig seconden verbazing, ergernis, afschuw, genot en gevloek gehad. Het hele volk becommentarieert hem op meesterlijke wijze. In een halve minuut leer je een kilo nieuwe woorden en daar zitten altijd twee juweeltjes tussen. Het woord 'condoomspeler' bijvoorbeeld.

Vorig jaar zat ik ergens in Zuid-Frankrijk in mijn eentje in

een hotel te ontbijten en werd geroepen door de aardige Bryan die in hetzelfde hotel bleek te zitten.
'He Youpie, kom even hier zitten,' riep hij mij uitnodigend aan zijn tafeltje.
'Kom jij maar hier,' schreeuwde ik toen.
'Hoezo,' riep Bryan.
'Ik ben het hele seizoen al voor niks naar jou toe gekomen.'
Een lach en een zeer leuk ontbijt. Het is de enige keer dat ik hem heb gesproken en ik vond het zo'n aardige jongen. En aardige jongens gun je geen reservebank.
Natuurlijk heeft Van Gaal gelijk, het ging niet goed, er was weinig rendement en het verbeterde ook niet, maar het ergernisgehalte bij Bryan was zo heerlijk hoog. Daar moet Louis ook aan denken. Niks is lekkerder dan een vloekend vak seizoenkaarthouders. Sommige jongens zitten zich al meer dan dertig jaar elke zondagmiddag groen, geel, paars en purper te ergeren. Aan spelers die er niks van bakken en waar wij met zijn allen het idee van hebben: dat kunnen wij ook, maar dan beter. Natuurlijk genieten we van een heerlijke pegel van Jonk, een prachtige actie van Dennis en een loepzuivere pass van Blind over een metertje of veertig. Maar vlak de missers niet uit. Liters adrenaline stuwen door de Amsterdamse bloedvaten, velen voelen hun kransslagader krimpen en bijna iedereen raadt de missende speler een bril, lenzen of een blindengeleidehond aan. Sommigen staan op en maken het gebaar dat zij hun seizoenkaart willen verscheuren en in de tijd dat het nog geen plastic pasje was, heb ik een man het wel eens zien doen. Ook heb ik een hele

brave Amsterdammer een keer de kaart zien opeten. Keizer miste toen geloof ik een penalty. De week daarop zat hij er weer gewoon en vertelde dat hij meer dan twee uur op de administratie had doorgebracht.
'Dus u heeft de kaart opgegeten?' had de boekhouder wel dertig keer gevraagd.
Ja, hij had hem opgegeten.
Wij komen echt voor het voetballen, Ajax moet voor ons elke week ruim winnen, maar wij willen ons ook ergeren en daarom moet Roy terug. Hij was onze vaste pispaal, iedereen heeft er wel tegenaan gezeken en nu is hij ons zomaar afgenomen.
En er is nog een reden waarom hij terug moet. Hij is gewoon een absolute wereldvoetballer en zal dat in de eerstvolgende wedstrijd bewijzen. Als hij tenminste de kans krijgt. En verder moet hij terug omdat het een leuke jongen is, maar dat geldt niet binnen de wetten van het voetbal. En dat laatste is natuurlijk ook wel weer terecht.

AALBERSWOORDEN

Als Karel Aalbers, de voorzitter van Vitesse, in beeld komt dan juicht ons hele huisgezin. Zit dat in het pak? De met zorg gekozen das? Is het de moderne bril? Ik weet het niet. Het enige wat mij opvalt is dat ons hele gezin onrustig wordt. Tot de cavia aan toe!

Het is in elk geval zijn taalgebruik. Alles wat in drie woorden kan, gaat in negen, liever nog in twaalf en als hij in zijn flanellen pyjama goed heeft uitgeslapen komt hij tot achttien.

'Ik dacht, mede gezien het feit dat het net als andere jaren weer richting december ofwel de feestmaand gaat, dat het goed is om er even bij stil te staan dat het weer hoog tijd wordt dat wij beseffen dat het niet lang meer zal duren of de ultieme kindervriend, de goedheiligman bij uitstek, en ik duid hiermee op Sinterklaas, zijn opwachting maakt in het centrum van Arnhem en dat wij met de hele middenstand, evenals de ondernemers en uiteraard niet te vergeten de dienstverlenende sector, rekening moeten houden met een wat grotere verkeersdrukte rond de diverse winkelcentra waar de bisschop zich zal vertonen omdat de ouders met jonge kinderen een goede reden hebben om die kant op te gaan.'

Dit is Karel Aalbers die zijn kinderen vertelt dat zij binnenkort hun schoen mogen zetten.

Nu begrijpt u ook waarom het Akzodrôme zolang een Akzodroom is geweest. Er wordt gezegd dat dat komt door de bezwaarschriften, ondoorzichtige subsidieprocedures, financieringsproblemen en bouwvergunningen, maar niets is minder waar. Het komt door Aalbers. De onnavolgbare Aalbers. De man begint te praten, gaat van Amsterdam via Dokkum, Loon op Zand en Delfzijl naar Maastricht en iedereen is zo blij dat ze eindelijk het bordje Maastricht zien dat ze automatisch 'ja' zeggen. Hij heeft bij zijn Arnhemse juwelierszaak een uithangbord van neon en dat brandt 's nachts. Tegen nachttarief. Nu kreeg hij onlangs een rekening en daar stond het gewone tarief op. Karel naar de PGEM en drie uur later was hij zover dat de rekening was gehalveerd, hij thuis een nieuwe digitale meter kreeg en de PGEM hoofdsponsor van Vitesse was geworden.

'Hoe kan dat nou,' vroegen de concurrenten De Graafschap en NEC zich af.

'Het was de enige manier om van hem af te komen,' riepen alle overspannen personeelsleden, die massaal een ATV-dag opnamen. Het hoofdkwartier van het energiebedrijf was dan ook een dag gesloten en een paar ambtenaren hebben zich ziek gemeld met hevige stressverschijnselen. Nou

zegt dat bij ambtenaren niet al te veel.
Karel Aalbers schijnt ook de televisierechten van CSKA Moskou te hebben gekocht en daar zijn problemen over. Gek hè? Twee tolken hebben inmiddels hun oren afgesneden, eentje zwerft Schubert zingend door de Oeral en de laatste heeft gevraagd of hij een vriend is van de beroemde Nederlandse schrijver Harry Mulisch, die ook niet zuinig met zijn woorden omspringt.
Maar het multifunctionele Akzodrôme (met gratis schuifdak) gaat dus door. De financiering is rond, de eerste paal gaat over een half jaar de grond in en achttien maanden (ongeveer negenentwintig miljard Aalberswoorden) later wordt de tent geopend door Luciano Pavarotti. Dit houdt in dat je ook Harry Mens op bezoek krijgt en dat lijkt me voor de gemeente Arnhem een mooie reden om alsnog van het stadion af te zien. In het Akzodrôme kan je voor een bedrag van tussen de 100.000 en de 300.000 gulden een loge huren en volgens Aalbers zijn de meeste daarvan al verhuurd. Dat er veel eenzaamheid in de provincie is weet ik als reizend artiest als geen ander, dat er veel te veel zwart en wit geld in dit land is weet ik ook, maar dat er gekken zijn die drie ton voor een seizoentje Vitesse over hebben wist zelfs ik niet. Maar in één klap snap ik wel al die psychiatrische inrichtingen rond de Gelderse hoofdstad. En nu hebben ze er weer eentje bij.

MASTERS

Omdat mijn eenzaamheid groot is, ik de meest recente films heb gezien en anders met mijn kinderen zinloos heen en weer ga rijden met lijn 4, heb ik besloten om mijn tijd nuttiger te besteden. Wat doe ik deze week? Ik ga al de hele week naar De Masters.
De Wat?
De Masters.
In Frankfurt?
Neen!
In New York?
Neen. Ik ga naar De Masters in Amsterdam!!!
En daar heb ik tot nu toe bijzonder hitsige middagen gehad. Zo heb ik de geplaatste Johan Vekemans in twee sets zien winnen van Roger Warmenhoven. Eigenlijk was ik voor Roger, heb veel voor hem geroepen, maar toen ik zag hoe de schat zich af liet slachten heb ik me heel stil gehouden. Verder zag ik nog hoe onze nationale buitenkampioen Ralph Kok gedeklasseerd werd door Willem Bruin en toen

was mijn woeste woensdag alweer bijna voorbij. Gelukkig mocht ik mijn zenuwen nog afbeulen tijdens de hit van de Eindhovenaar Groen tegen de Mijdrechter Van Scheppingen.
Thuisgekomen bond ik mijn zoon in de kinderstoel, vertelde mijn zinderende avonturen en heb daarna tot diep in de nacht mijn vrouw lastig gevallen met al mijn belevenissen tijdens de Nationale Masters.
Oké, ik geef toe dat er niet zoveel mensen waren, maar sponsor Mitsubishi zorgt ervoor dat komend weekend alle dealers er zullen zijn. Dus die hork uit Terneuzen met zijn Zeeuwse huppel, de nimmer het risico schuwende man uit Delfzijl en wat denkt u van de Mitsubishi topverkoper van het filiaal in Apeldoorn? Zij zijn daar allemaal en ik kan u nu alvast voorspellen dat dat een hele gekke zondagmiddag wordt in Amsterdam. Waarschijnlijk gaat een aantal dealers na afloop nog een Chineesje scoren in de binnenstad en als het echt te gek wordt kan ook Yab Yum op nog een paar jongens rekenen. Je bent maar een keer per jaar in de grote stad en dan zal je ook genieten.
Je vraagt je af aan welk brein dit weergaloos goede idee is ontsproten. Begon het bij de tennisbond? Was het de dealer die wel een keer iets geks wilde? Was het het swingende reclameburo van de Japanse autoreus dat eens een andere doelgroep wilde aanboren en daarom deze sportieve zijweg is ingeslagen? Wie is verantwoordelijk voor deze tennishit? Ik hoorde een zelf ook meetennissende mevrouw op televisie zeggen dat het natuurlijk ook kwam door Richard Kraji-

cek die zomaar opeens in Frankfurt moest aantreden, maar terwijl ze het zei hoorde ze zichzelf liegen. Toch heb ik de vergadering op mijn netvlies. De PR-man van de Jappen, de man van de bond, Van de Wall Bake van het succesvolle Trefpunt die het promodorp moest regelen en de man van de NOS. Hoe pakken we dit probleem aan? Is er gedacht aan de parkeergelegenheid? Hoeveel broodjes slaan we in? Is er nagedacht over borrelhapjes (vlammetjes en bitterballen)? Moeten we de koningin uitnodigen voor de prijsuitreiking? Eindigen we met een banket? Is er een perskamer? Doen we een sponsordiner?

Zondagochtend kijkt de portier uit over het verlaten parkeerterrein. Een lege tram trekt langs en de wanhopige sponsor vraagt zich af waar het publiek blijft.

Dat is nogal simpel.

Het publiek is tennissen.

En zeker net zo goed.

DAGOBERT

Natuurlijk is het knap van Van Basten dat hij vier keer scoort tegen die arme Zweden en natuurlijk is het geweldig van Romario hoe hij samen met De Breuk PSV in de race houdt tegen de veel betere Portugezen en natuurlijk is het terecht dat deze vedetten zoveel geld verdienen en soms een beetje lastig zijn, maar wat jammer eigenlijk.
Dus ik ben anti-Romario?
Ik ben een Van Bastenhater?
Nee, maar ik ben zo ontzettend voor dat arme Vitesse. Als de club een doelpunt tegen de Koninklijke had gemaakt was het bouwvallige, slooprijpe Monnikenhuize onder het supportersgejuich bezweken. Een mooie dood overigens. Real was verbaasd dat het stadionnetje überhaupt warm water had. Voorzitter Aalbers, die in het Spaans probeerde uit te leggen dat het nieuwe Akzodrôme een schuifdak krijgt, werd niet helemaal begrepen en de rest van het Arnhemse bestuur gedroeg zich als een stel nonnen dat de paus op bezoek heeft. Niet raar en allemaal zeer voorstelbaar, maar

daarom wel jammer. Het aardige Vitesse kijkt zich over twee weken de ogen scheel in het gigantische Bernabeu, al die Europacups, de mondaine ontvangst met een koud buffet dat groter is dan de Arnhemse bestuurskamer en voordat de jongens aan het imponerende stadion gewend zijn staan ze al met 3-0 achter. Voorzitter Aalbers is nu al het woord schuifdak in het Spaans aan het leren en zijn vrouw heeft hem aangeraden een klein speechje in de taal van de gasten te houden. Vitesse heeft over veertien dagen een uitje en eerlijk is eerlijk: ik zou best mee willen.

Maar het is natuurlijk ondoenlijk voor een clubje als Vitesse, dat nog gedeeltelijk leeft van de jaarlijkse erwtensoepactie op tweede kerstdag, om te vechten tegen een club met een omzet van over de honderd miljoen. Ik las dat Milan alleen al aan salarissen een kleine zeventig miljoen kwijt is. Ik geloof per jaar, maar het kan ook per maand zijn. Als ik daar morgen trainer ben, word ik ook kampioen van Italië. Is Cruijff een goeie trainer? Weet ik niet. Hij heeft een dusdanig dikke portemonnaie dat hij Witschge voor ongeveer acht miljoen voor de reservebank kon kopen. De penningmeester van Ajax koestert dat bedrag al die jaren op een apart deposito. De supporters hadden hem op drie ton geschat, een enkele ballenoppomper vond het een aardige jongen en dacht aan een half miljoen en het bestuur wilde in een potje blufpoker wel tot een tonnetje of zes gaan. Toen kwam Johan langs, bood acht miljoen en nog nooit heb ik Michael van Praag zo snel iemand zien inpakken. Mooie strik eromheen en wegwezen. Zelfs de meest dronken supporter heeft nooit meer om Richard geroepen. En zo is alleen de bank van Barcelona nog duurder dan Vitesse, FC Utrecht en FC Twente bij elkaar. Bij Milan is het nog erger. Daar kunnen ze per week kiezen uit drie elftallen met een transferwaarde van ongeveer honderd miljoen per team. Is het dan nog leuk? Volgens mij niet.

Het lijkt me ook vreselijk om trainer van zo'n club te zijn. Dat vadsige Dagobert Duckgevoel. Papin op de bank, Gullit op de tribune en Donadoni heeft een avond vrij omdat zijn schoonmoeder jarig is. Tegen dat soort clubs kan je als Vitesse toch niet op en het is toch prachtig als je het thuis op een kleine 0-1 hebt weten te houden.

Over twee weken hoop ik stil op een klein mirakel. Het nietige Vitesse schiet de hagelwitte Madrilenen aan flarden in hun eigen stadion en...

Het is onmogelijk, maar de wonderen zijn gelukkig nog steeds niet uit de wereld. Een stel Russen hielp Barcelona ook even van een 2-0 voorsprong in hun eigen Nou Camp af. En Johan heeft afgelopen woensdag hartstikke leuk gebowld met de jongens in bowlingcentrum Garcia. Het was een heel fijne avond. En het was weer eens wat anders dan altijd maar dat burgerlijke voetbal. Hup Vitesse.

VOORSTAD

Zo vaak moet ik denken aan Romario. Hoe Hij Go Ahead aan flarden speelde, hoe Hij AEK versloeg, hoe Hij PSV gelijk tegen Porto liet spelen, enzovoort, enzovoort. De man schijnt heel veel geld te kosten, maar het noodlijdende Philips heeft dat bedrag er al lang en breed uit. Romario is een God, een held, een ster, een bijna Cruijff, een meer dan Maradona en verdient eigenlijk nog veel meer geld dan Hij nu al krijgt. Romario is een echte vedette. Een man met nukken. Hij slaapt als iedereen wakker is, is wakker als iedereen slaapt, komt niet op de verjaardag van Mevrouw Van Aerle, vertoont zich na de wedstrijd niet tussen de bitterballen en de vlammetjes in het verschrikkelijke spelershome, distantieert zich van de poenerige middenstand en de businessclub en staat het ranzige clubje sportjournalisten zelden of nooit te woord. Zegt Hij wel iets dan bedient Hij zich meestal van de waarheid en de waarheid is nou eenmaal niet altijd mals. Op het veld praat Hij middels wonderschone acties, neemt onmogelijke ballen aan, scoort vanuit de gekste posities en zelfs Zijn missers zijn nog adembenemend. Krijgt Hij de bal dan gebeurt er iets. De medespelers, het publiek en vooral de tegenstanders worden nerveus. Er gaat een lichte trilling door het stadion, men ademt anders. De simpele Ruts beseft niet dat hij binnenkort de bestuurskamer van AC Milan van binnen mag zien dankzij Romario en de degelijke Westerhof was nooit verder gekomen dan Deventer als hij niet een voetballer als Romario in zijn gelederen had. Alle Eindhovenaren die na afloop in de businessclub staan te drinken, te pochen en te protsen doen dat dankzij de kleine Braziliaan en wat gebeurt er? Westerhof hangt de sociale onderwijzer uit en roemt het elftal, het collectief. Dat is ook zo'n volleybalwoord dat verboden moet worden. Niks collectief. Romario, Romario en nog eens Romario. PSV bestaat bij de gratie van de oude meester Van Breukelen en Romario. En alles wat er tussen hangt is vervangbaar. Hardwerkende Numannetjes en trouwe Popescu'tjes.

Romario wordt in dat dorp behandeld als een Koeman, als een Heintze, als een Van Tiggelen. Onvoorstelbaar. Terwijl deze jongens blij mogen zijn dat zij in de schaduw van het wonderkind mogen opereren. Zij moeten elke maand hun vette salarisstrookje op hun blote knietjes kussen omdat het bedrag door Hem veilig is gesteld. Eigenlijk behoren zij Hem elke morgen wakker te maken, Zijn ontbijt klaar te maken, Hem naar de training te brengen en daar moeten een paar vers gepoetste kicksen op de man staan te wachten. Gepoetst door Ellerman. Die heeft daar een mooi dienstplichtig hoofd voor. De failliete Timmer moet zijn chauffeur afstaan en de Lichtstad moet Romario koesteren. De Bijenkorf moet op een bepaalde avond apart voor Hem open zodat de ster samen met Zijn jonge echtgenote ongestoord kerstinkopen kan doen. Een dorp als Eindhoven krijgt maar één keer een Romario, het leven van Ruts is eindig en hij zal tijdens zijn aardse bestaan nooit meer zo'n held van zo dichtbij kunnen aanraken. En als Romario over twee jaar met opgeheven hoofd het stadje aan de Dommel verlaat dan zal iedereen nog jaren teren op de prachtige herinneringen aan deze jongen. Het schitterende enfant terrible dat maar hoeft te blazen om het hele dominospel omver te laten donderen.

Oh Eindhoven, zie het toch eens in, word wakker, volwassen en schud dat roomse toch eens van je af. Anders blijven jullie een voorstad van Valkenswaard.

NEIN

Borussia Mönchengladbach zal zich vermoedelijk niet aansluiten bij de Bundesliga-actie tegen de vreemdelingenhaat in Duitsland. De clubs hebben besloten komend weekeinde in shirts te spelen met de tekst *Mein Freund ist Ausländer.* Indien Gladbach de oproep tot onderlinge vreedzaamheid echter op het tricot zet in plaats van de naam van de sponsor Trigema dan zal deze uit protest een schadevergoeding van 50.000 Mark eisen.
De club besluit op korte termijn of de spelers zaterdag op de Bokelberg in het duel met Leverkusen het shirt met de ideële tekst zullen dragen.
'Zo niet dan zullen we deze campagne op een andere, maar duidelijk zichtbare manier ondersteunen,' zei manager Rolf Russmann.
Tot zover een hoekje nieuws op een sportpagina van een regionaal dagblad. Zo'n bericht intrigeert. Wat is Trigema? Waar handelen ze in? Wat maken ze? Gifgas? Stiletto's? Hoe ziet de directeur eruit? Wat deden zijn ouders in de oorlog?

Hoeveel gastarbeiders werken er in het bedrijf? Waarom kant hij zich tegen de goedbedoelde, beetje geitewollen actie van de voetbalclubs? De man maakt zich hiermee uiterst onsympathiek en dat is eigenlijk wel leuk. Berlusconi vindt de anti-racismedag in Italië ook 'blaffen naar de maan', maar zou hij het aandurven om zijn naam op het Milan-shirt op te eisen? Door deze actie is Trigema wel in één keer bekend in heel Duitsland.

Karaktervol directeurtje blaaskaakt door de telefoon: *Nein, nein und nochmals nein*, wil Russmann niet meer spreken, maakt eigenhandig een persbericht, faxt dat naar alle kranten en wil er geen woord meer over horen.

Dus geen krant schrijft waarom hij het niet wil en tot na de wedstrijd blijft het een mysterie.

Dan geeft de man een persconferentie. Een van zijn verdedigers heeft een rode kaart gekregen omdat hij dusdanig schoffelend optrad tegen de spits van Leverkusen dat deze met een dubbele beenbreuk op de operatietafel ligt en een van zijn middenvelders liep geel op terwijl hij iets te hard ingreep tegen een ander die doorgebroken was. Deze heeft alleen een tand door zijn lip en een gescheurde wenkbrauw.

'En dat kan niet met de tekst *Mein Freund ist Ausländer* op je buik,' zal de praeses zich verdedigen. 'Dat moet uit mijn naam gebeuren en er had een buitenlander tussen kunnen zitten.'

Het lijkt ook een moeilijke tekst op het shirt van Jan Wouters. Jan is een man die de noodrem wel kan vinden en ik kan me uit zijn Ajax-tijd nog wel een paar staaltjes herinneren. Het is toch raar om met zo'n shirt aan iemand de brancard op te schoppen. Jan ontmoet zaterdag bijna alleen maar Ausländers. En moet natuurlijk wel kunnen werken. Of zal Jan het niet helemaal begrijpen en gewoon doorgaan als altijd. En na afloop verklaren: 'Oh sorry. Ik dacht dat het alleen om negers ging.'

HOUWERTJES

Op toernee vlucht ik nog wel eens in een regionale krant en zo stond ik gisteren via het IJmuidens Dagblad oog in oog met Willem Houwertjes. Who the hell is Willem Houwertjes? Hij is Nederlands kampioen luchtgeweer-schieten. Op de foto zie je een aardige man met zo'n kijk-eens-wat-vaker-in-de-spiegel-van-de-kapper-hoofd en hij praat sympathiek over zijn sport. Hij heeft een zolder vol bekers bij elkaar geschoten, werkte ooit bij de Zaanse munitiefabriek Eurometaal en kreeg daar de smaak aardig te pakken. Hij maakte van zijn beroep zijn hobby. Buiten het feit dat de man uit Westzaan vier keer per week achter het stuur kruipt om in Haarlem te gaan oefenen, doet hij ook veel aan droogtrainen en wat dat is?

Dan zit onze Willem met zijn hele uitrusting op een visueeltje te mikken. Hij heeft dan een dummiekogel in de kamer van zijn geweer want dan wordt de slagpen niet beschadigd. Van dit laatste zinnetje snap ik ook niks, maar ik ga ervan uit dat de meeste schutters denken: logisch. Hij is kampioen tien meter schieten en dat is bij hem thuis van de eethoek op de koekoeksklok. Dus dat uiterst gezagsgetrouwe, Oostenrijkse vogeltje weet elk half en elk heel uur welk risico het loopt. Is Willem wel of is Willem niet thuis? Willem is nu vijf keer Nederlands kampioen knielend schieten, maar hij wil door en heeft zich opgegeven voor het schieten met een klein kalibergeweer. De concurrentie in deze Olympische klasse is echter zeer groot. Maar Willem gaat ervoor. Is deze man een column waard? Iedereen is een column waard en deze man zeker. Hij vertelt namelijk prachtig over het droogtrainen in zijn eengezinswoning. Willem vertelt dat je mentaal ijzersterk moet zijn en dat kan je thuis makkelijk oefenen. Hij gaat op een stoel zitten en draait de hele film in gedachten af. Van het laden tot het vallen van het schot en het schijnt heel veel te zijn als je dat twintig minuten kan volhouden. En nou komt het!

'Het is dan niet de bedoeling dat opeens je schoonmoeder om de hoek komt kijken.'

En volgens mij is dit een dodelijke regel. Heel IJmuiden, Velsen, Vijfhuizen en Driehuis spoedt zich naar de Haarlemmer Schietvereniging en geeft zich op. Voor alle kalibers. Buksen, magnums, luchtdrukpistolen, mitrailleurs, het maakt niet uit. Als het maar schiet. Als het maar raak schiet. Willem Houwertjes heeft iets verschrikkelijks bewerkstelligd. Hij oppert het idee en heel mannelijk Nederland zit binnenkort als een Rambo in de huiskamer te wachten op zijn schoonmoeder. En in 1993 begint de president van de rechtbank telkens met de zin: 'Het begon dus met een interview met Willem Houwertjes in het IJmuidens Dagblad.'

Heel schoonmoederlijk Nederland is inmiddels ondergedoken en Houwertjes stamelt tegen de koekoeksklok: 'Het was maar een grapje.'

RAMP

In de schaduw van het Bussumse hotel Jan Tabak ben ik geboren en ik bewaar nog altijd breekbare herinneringen aan de roestige midgetgolf, het treurige tennisbaantje en het donkere restaurant waar ik met mijn ouders voor het eerst uit eten ging. Bestek, service, obers en laat naar bed. Dit alles komt, net als het geloof in Sinterklaas, nooit meer terug. Heimwee vreet aan de randen van mijn hart. Onderhand is het sfeervolle Jan Tabak van toen allang afgebroken en vervangen door een troosteloos stukje Golden Tulip. In dit Bussumse hotel werd Bart Veldkamp gisteren tot sportman van het jaar gekozen. Ellen van Langen werd zijn vrouw en de volleyballers werden de sportploeg van 1992. Moet deze uitreiking in zo'n trieste omgeving? Eigenlijk waren de feestelijkheden elders gepland. Mies Bouwman had een gelegenheidshoofdrol gemaakt en hierin zouden de eerder genoemde sporters worden afgelebberd, besprongen, verkracht, gevingerd en gemasseerd. Maar in verband met de vliegramp in Faro is het feestje afgelast. Feestvarken

Veldkamp vond dit, op zijn zachtst gezegd, belachelijk. Elke dag gaan er driehonderdvijftig mensen dood en of we ook stilstonden bij de regenwouden?
Hoe lang moet een land rouwen of doen alsof het rouwt? Ook ik heb in die dagen gewoon in de Hoornse schouwburg gespeeld en er is door het publiek veel en hard gelachen. Had ik in verband met de vliegramp moeten afzeggen? Grappen erover heb ik niet gemaakt, maar dat komt omdat ik het een oubollig soort cynisme vind, achterhaald cabaret onder het motto: kijk mij eens hard zijn!
Bart was boos, zijn feestje was hem afgepakt, de familie kwam niet door de decordeur oplopen en Mies hoefde bij tweedehands tantes, verlopen trainers en nerveuze schoonouders niet zo lekker te kirren.
'Wat is het toch een vakvrouw,' roepen de kenners steevast. Waar ging het Bart nou om? Sneed hij een heet Hollands hangijzer aan? Wilde hij een nationale rampendiscussie op gang brengen? Of was hij boos dat het zonnetje waarin hij gezet zou worden uit bleef? Eigenlijk moet hij toch liederlijk blij zijn dat er een ramp gebeurd is. Anders had hij in het genotsvocht van Erica Terpstra zitten soppen, de meest verschrikkelijke mensen moeten zoenen en was hij het lijdend voorwerp van een afgekloven programma voor bejaarden geweest. Iets AVRO-er dan De Hoofdrol bestaat er niet. Een hele bus bloemetjesjurken uit Sittard wordt op de tribune kortademig bij het zien van Mies, volgt als een kudde schapen de aanwijzingen van de regisseur en de kijker wordt benaderd alsof hij/zij totaal dement is.

En Bartje had dit wel graag door willen laten gaan. Hij moet juist blij zijn dat er iets ergs gebeurd is. De ene ramp voorkomt de andere. De enige manier om van alle pulp af te komen is door af en toe een vliegtuig naar beneden te laten lazeren. Anders blijft het riool Love letters, All You need is Love, De Zevende hemel, Bekentenissen en al dat andere overbodige gedoe spuiten. Ik vind niet dat randdebielen in De Honeymoonquiz niet in een bord soep mogen vallen omdat er een vliegtuig verkeerd is geland. Ik vind dat mensen überhaupt niet in een bord soep moeten vallen. Het Ministerie van Volksgezondheid moet daartegen optreden en we moeten elke gelegenheid aangrijpen om het tegen te gaan. Als ik Lubbers was geweest had ik een maand nationale rouw afgekondigd. Al is het maar om het geblaat van alle Linda's, Miesen en Ivo's tegen te gaan.
Maar wat gebeurt er? De eerste de beste schaatsenrijder staat briesend van protest op om de overheid terecht te wijzen. Hij had graag in de van het Chiem van Houweningezweet doordrenkte hoofdrolstoel gezeten en had zich gaarne laten kruimeldieven door familie en kennissen.
Ik heb al vaak gedacht dat ik niets van sporters snap, maar sinds gisteren weet ik het helemaal zeker.
Sporter wordt boos omdat hij niet in De Hoofdrol komt.
Ik ga de kerstboom aftuigen en eet hem in drie dagen op.
Takje voor takje.

HUP VOLENDAM

Ooit hoorde ik een mevrouw bloedserieus vertellen dat ze gek was op reizen en met reizen bedoelde ze dan ook reizen. Alleen waren er de nadelen van die derde-wereldlanden, de onhygiënische jeukhotels, de bedelaars en de risico's bij het eten. Diezelfde mevrouw zal het ook vervelend vinden als ze nu op Schiphol op haar toestel naar Genève staat te wachten en er komt een ploeg Somalische asielzoekers uit een van de slurven kruipen. Als die club ook nog eens aan haar ski's begint te knagen is de wintersport helemaal verpest. Veel rijken willen nou eenmaal niet geconfronteerd worden met de werkelijkheid en zoeken het liefst ons-kent-ons-plaatsjes. Club Medjes, Sky-boxjes, Promodorpjes en andere Yab-Yummetjes. Een bedelaar in de PC Hooftstraat stoort meer dan in de Kinkerstraat. Daarbij denk ik dat hij in de laatste straat meer vangt. Tijdens de Olympische Spelen in Barcelona werden de stoephoeren uit de binnenstad verdreven en de luxe credit-cardbordelen bleven gewoon open. Rijk moet geen last hebben van arm.

Het onkruid moet gewied. Zo zal dat ook bij het voetballen gaan gebeuren. Dus weg met RKC, Go Ahead en Cambuur. De gemiddelde bestuurspatjepeeëer van een topclub moet er toch niet aan denken dat hij op een houten bank zit weg te tochten in Waalwijk, terwijl hij op dat moment ook lekker kaviaar had kunnen lepelen in de centraal verwarmde bestuurskamer van het Brusselse Anderlecht.

Dus de Belgisch-Nederlandse voetbalcompetitie moet er komen. Geen Ajax-Sparta meer, geen PSV-Roda en ook geen Feyenoord-Dordrecht. Is dat leuk voor die zogenaamde topclubs? Volgens mij niet. Is het leuker voor de competitie? Dat weet ik wel zeker van niet. Is het dan aangenamer voor Cambuur? Nee, natuurlijk niet.

Maar het gaat niet om Cambuur. Cambuur mag niet eens aan de discussie meedoen. Het gaat om de stevige jongens, het echte geld, de grote sponsors.

Maar krijgen we dan tweeëntwintig topduels? Ajax-Anderlecht, Feyenoord-Club Brugge en PSV-Standard. Dat klinkt allemaal leuk en aardig, maar waar blijft de wedstrijd tegen de halve amateurs uit Leeuwarden, de 7-0 winst tegen de dwerg uit Dordt en waar blijft het heerlijke middagje waarop de gedoodverfde degradant uit Deventer het dure Ajax met een nulletje of twee de oren wast? Dat maakt de competitie nou juist zo vrolijk. Ik wil helemaal niet alleen maar topwedstrijden. Ik wil ook slecht en middelmaat. Elke week een zogenaamde topper verveelt. Toen bij de laatste Europa-Cupronde Ajax op dinsdag, PSV op woensdag en Vitesse op donderdag werd uitgezonden bemerkte ik bij

de hardvochtigste liefhebbers grote metaalmoeheid en troebele contactlenzen.
Ik geef toe dat je een heel slecht huwelijk moet hebben, wil je vrijwillig naar Fortuna Sittard-Sparta gaan en je behoort tot de allereenzaamsten als je Cambuur-Go Ahead uitzit, maar willen we elke week een topper? En wat vinden we van KV Mechelen-FC Twente? Is toch ook ziekenfonds?
Hoe gaat de andere competitie lopen? Ik bedoel het gevecht tussen de middenmoters? Blijft de Eerste Divisie? Of gaan al die clubs achter FC Zeeland en Wageningen aan?
Wat is nou de gedachte achter de Belgisch-Nederlandse competitie? Geld. Maar er is toch meer dan dat?
Er waren vroeger toch ook nog begrippen als lol, geluk, spelen, clubliefde en weet ik veel wat. Maar ik merk het al. Ik word sentimenteel aan het eind van het jaar en snap nog steeds niks van het echte zakenleven. Toch weet ook Joop van den Ende dat er in de kleine theaters interessantere dingen gebeuren dan in zijn miserabele musicalfabriek en ik ben zo bang dat ik op de dag dat de competitie van de Lage Landen is gestart zal roepen: 'Hup Volendam.'

JUINEN

Terwijl de regen mooi klettert en de dooi de grond verzacht werk ik me door de krant. Mijn oog valt op een foto. Actievoerders van Reizigersvereniging ROVER delen folders uit. Reizigersvereniging ROVER. Wie beginnen nou een reizigersvereniging? Twee ontevreden mannen in een treincoupé?

Voor de derde keer vertraging deze week en nou is het mooi geweest? Je moet toch wel een heel treurig leven hebben wil je een reizigersvereniging oprichten! Onmiddellijk dwalen mijn gedachten naar Kees van Kooten en Wim de Bie. Deze meneer van ROVER is De Bie en Van Kooten staat klaar om de foto in te stappen. Een scène voor Keek op de Week wordt opgenomen in een stationshal. Dagelijks kom ik Koot en Bie tegen. De man die mijn vrouw en mij een keuken wou aansmeren begon ooit met de regel: 'Is het goed als ik het voortouw neem in keukenland?'

Ik zou voor het eerst van mijn leven Kees van Kooten live ontmoeten en trok onmiddellijk zijn toupet af. Ik deed de man tot tranen toe pijn en hij snapte er helemaal niks van. Hij was gewoon zichzelf. Ik stamelde 'sorry' en 'excuses', maar het was te laat.

De hele dag zie ik Wim de Bie als computerverkoper staan wachten op de klanten in een winkel bij mij in de buurt, een vakbondsman in het journaal kan bij ons thuis niks zeggen zonder dat wij aan het duo denken en het gaat vaak nog een stapje verder.

Komt Aad Kosto in beeld dan denk ik aan de dodelijke persiflage van een paar weken terug, Ed van Thijn kunnen wij ook niet zonder lachen horen en zelfs Boudewijn Büch staat mij nog altijd haarscherp voor de geest. De Van Kooten-Büch bedoel ik.

Zo sluipt deze week Juinen door mijn hoofd. Juinen, Juinen en nog eens Juinen. Juinen sponsort de Italiaanse schaatser Roberto Sighel. Wethouder Hekking kwam met het idee en de burgemeester nam het gretig over. Het toerisme naar Juinen moet verbeterd worden en daarom moet de arme Italiaan met het dorp op zijn buik gaan rijden. De gemeenteraad beslist over een nieuwe vierbaansweg, er komen parkeergarages, restaurants, crèches, disco's, hotels en er zijn diverse institutionele beleggers wakker geschrokken uit hun winterslaap. Een monorail boven het stadje, ondergrondse parkeergarages, een facelift voor het centrum en... Roberto Sighel heeft de toekomst van Juinen in handen. Wordt hij wederom wereldkampioen dan is het helemaal gebeurd met de rust in het dorp. Juinen wordt een tweede Valkenburg. Slagharen heeft Veldkamp al benaderd en het gemeentebestuur van het Belgische Brugge is in spoedvergadering bijeen. Juinen wordt een magneet. De verkeersinformatie meldt de komende zomer om de tien minuten de groeiende file en De Efteling overweegt te verhuizen. Het leukste van Van Kooten en De Bie is dat ze Juinen dit keer Dwingeloo noemen.

BEGRIP

De conducteur is terug op lijn 4 en daarmee ook een bepaalde tramgezelligheid waar ik mijn ouders altijd over hoorde praten. Het gesprek van de dag is nu uiteraard Bergkamp en de drieëndertig miljoen die Juventus zou willen schokken. In een van de kranten schijnt ook te hebben gestaan dat wij Witschge en Laudrup plus twintig miljoen van Barcelona in ruil voor Dennis kunnen krijgen, maar dat geloven wij niet en dat willen wij overigens niet eens. Sinds Beenhakker Richard verkocht, is er op de tribune nooit meer om hem geroepen. Om Beenhakker zelf trouwens ook niet. Het leukste vind ik het dat niemand meer zucht bij het bedrag. Drieëndertig miljoen wordt uitgesproken alsof het om een broodje kaas gaat. Bij ons thuis vinden wij dat nog altijd veel. Ooit was ik in een kledingzaak op zoek naar een winterjas en de uiterst modale verkoper zei zonder blikken of blozen: 'En deze jas komt op achtentwintighonderd gulden, maar daar heeft u dan ook wel een jas voor.' De man deed dus een poging mij een jas te verkopen waarvan de prijs gelijk was aan zijn eigen maandsalaris. Dat hij die poging deed vind ik normaal, dat is zijn werk, maar dat hij deed alsof de hele Pijp en de Staatsliedenbuurt zo'n jas al hadden, maakte mij, op zijn zachtst gezegd, lacherig.

'Misschien wordt het wel twintig,' sprak de rossige conducteur die graag macro-economisch over wilde komen.

Ik knikte en voelde heel even een vleugje Carmiggelt. Hier zit een stukje in, dacht ik en zette de oren wat verder open.

'Van Loen was altijd al een Feyenoorder en die hadden wij nooit moeten kopen. Hebben we verdomme nog vijf ton op verloren ook.'

Hij sprak het uit alsof hij zijn portemonnaie voelde bloeden en het schitterende 'we' gaf me een heerlijk kippevel.

'Maar ondertussen zijn we wel alle spitsen kwijt,' mopperde hij door.

Onderhand verzocht hij de provinciale kroegbazen om door te lopen. Het is Horecava en dat is altijd goed te ruiken in lijn 4.

'Bij de volgende halte is de Jellinekkliniek,' grapte hij door de microfoon, maar niemand hoorde hem.

'We zullen toch door moeten en je kan niet straffeloos uitverkoop houden.'

Ondertussen flardt het bedrag door mijn hoofd. Wat doe je met drieëndertig miljoen? Hoeveel wegen driehonderddertigduizend snippen? Hoe kijk je naar zo'n dagafschrift? En dan Bergkamp zelf. Wat voel je als je bedenkt dat je drieëndertig miljoen waard bent? Hoeveel rondjes moet je geven? Wat voor fooi geef je in een restaurant? Wat voor auto ga je rijden? Hoeveel bedelbrieven krijg je binnen? Hoe bang ben je voor de mafia? Moet je lijfwachten inhuren? Drieëndertig miljoen vinden wij bij ons thuis echt heel veel. De tram zet me af op het Rembrandtplein en voor ik naar de Kleine Komedie ga, huppel ik nog een beetje door de krant. Mijn oog valt op het treurige bericht over de zieke Mario Lemieux, 's werelds best betaalde ijshockeyspeler. Hij is geopereerd omdat hij de ziekte van Hodgkin heeft. Kanker dus. Zal deze man van de Pittsburg Penquins nog denken over zijn transferwaarde? Zal het woordje 'geld' überhaupt nog door zijn hoofd spoken? Op lijn 4 babbelt iedereen vrolijk verder en ik denk simpel als altijd: we zijn allemaal geen cent waard.

CONFLICTEN

Er is een kabinetscrisis op komst. Vanochtend staat er op de voorpagina van de Volkskrant een foto met daarop Robin Linschoten met een lapje voor zijn linkeroog.

'In het land der blinden is eenoog koning,' zou Gaaikema ongetwijfeld gegrapt hebben of: 'Houdt hij ons voor het lapje?'

Wim Kayzer danst door mijn gedachten. Kan ik vanavond iets doen met het oog van Linschoten? De cabaretier in mij squasht het balletje tegen de wanden van mijn hersenpan.

Nu ik iets lelijks over Gaaikema schrijf, vraag ik me af of dat tot conflicten zal leiden? Zal hij, als ik mij met een boekje bij dezelfde uitgeverij als die van Seth meldt, dreigen met opstappen? Of is dat chantage? Zijn dat Cubaanse methodes? Als De Bezige Bij zwicht voor de miljoenenomzet van Mulisch (veel hè, Harry?) en het boekje van Stephan Sanders weigert, bied ik de columnist vanaf deze plaats aan dat ik zijn boekje in eigen beheer wil uitbrengen en dat ik volgaarne elke nacht een stapeltje exemplaren door de brievenbus van ome Harry zal duwen. Net zolang tot hij mij een straatverbod laat opleggen. Hoewel ik heb begrepen dat hij niet naar de politie gaat. Dat is iets voor burgermannetjes. Vaag herinner ik mij een door de schrijver aangespannen kort geding tegen iemand die hem lastig viel. In datzelfde boekje mag Stephan Sanders mij de meest vaatdoekerige lapzwans van het land noemen. Ik zal dat met mijn woorden bestrijden en niet met mijn geld. U merkt het: ik waai langzaam van de sportpagina af, maar ik hou nou eenmaal niet van een Mazerati die een Lelijk Eendje probeert te snijden. Zo snik ik ook om het volgende bericht:

Silvio Berlusconi, eigenaar van AC Milan, ziet niets in het plan van Go Ahead-voorzitter Voortman om gezamenlijk in het Twentse Azelo een internationale voetbalschool op te zetten.

Toen ik dit bericht had voorgelezen was het bij ons thuis even stil.

Waarom wil die meneer Berlusconi dat niet, vroeg mijn zoon van bijna vijf.

'Omdat die man ten eerste geen verstand van voetballen heeft, ten tweede bij de mafia hoort en ten derde... '

Meer kon ik eigenlijk ook niet verzinnen, maar de wrevel knaagt aan mijn middenrif. Een niet goed te benoemen onrecht werd hier de heer Voortman aangedaan. De tycoon Berlusconi, de Harry Mulisch van het Italiaanse voetbal, veegde in een klap het zweet, het bloed en de tranen van die arme Voortman het rieten prullenmandje in. Nachten is er in Deventer vergaderd (niks dineren, pizza's halen!).

Voortman zijn huwelijk heeft gewankeld onder zijn levenswerk, op de zaak was hij niet te harden en de ramen van de bestuurskamer van Go Ahead waren wekenlang chronisch beslagen. Met het gemeentebestuur van Azelo (wat klinkt dat prachtig Italiaans!) had ie een open telefoonlijn, de fax maakte overuren en uit Sao Paulo kwam de vraag of ze vandaaruit mee mochten doen. Het plan was ontstaan op de verjaardag van de schoonmoeder van Voortman. Zij zag aan haar schoonzoon wat achterstallig onderhoud. Afwezige blik in de ogen, beetje rode vlekken in de mondhoeken, rouwnagels en veel zenuwachtige jeuk. Er borrelde weer wat in hem. Haar dochter keek trots omdat zij eigenlijk ooit verliefd was geworden op zijn onrust. En die onrust was een tijdje weg geweest, maar hij was geprikkeld. Ze voelde het aan alle kanten. Hij viel vaker uit tegen de kinderen, vloekte tegen rode stoplichten en was in zijn stamcafé onredelijk uitgevaren tegen de wethouder over het verkeersdrempelprobleem in de Vijverlaan. Kortom: het aanmaakhout lag klaar voor de bosbrand. En ja hoor, opeens kwam het eruit. Hij maande zijn zwagers tot stilte en ontvouwde zijn plan voor de internationale voetbalschool in Azelo. Toen hij klaar was met het plan zweeg iedereen respectvol. Dit was niet zomaar een plannetje, dit werd de internationale doorbraak van hun zwager. Misschien zou Berlusconi hem voor de lunch uitnodigen, twee nichtjes droomden zich in een Italiaanse disco met Gullit, schoonmoeder zat al te breien in een sky-box in het San Siro en Voortman zelf sloeg een paar holes met Marco op de adembenemende

golfbaan van Monza.
Het nieuws lekte via het Deventer Dagblad iets te vroeg uit. Eerlijk gezegd stond het al in de krant voor de brief de deur uit was. Daarna kon de spanning in en rond de Adelaarshorst in plakjes. De Voortmannetjes droomden en droomden maar, vader heeft nog rauwe tartaarknieën van het uren op de kokosmat wachten achter de brievenbus. En elke dag maar geen post van de tycoon uit Milaan. Tot eergisteren de meedogenloze afwijzing binnenkwam. Een kort, zakelijk briefje, zonder een persoonlijke groet, zonder een hart onder de riem, zonder een kleine glimlach, niets, niets en nogmaals niets.
Even is Voortman voor het raam gaan staan, even werd het beeld wazig door de opgewelde tranen, maar hij beet ze weg en sprak tot zijn zwijgende gezin: ‘Hoe heten wij?’
‘Voortman,’ stamelden vrouw en kinderen in koor.
‘Precies,’ zei hij en verdween naar zijn werkkamer om een mooie brief aan Johan Cruijff te componeren.

HENNIE

Bondscoach Stamsnijder heeft gisterochtend voor de vlucht van de nationale profselectie naar Treviso de veldrijders Kools en Van Bakel op Schiphol ter verantwoording geroepen.
In het bijzijn van voorzitter Vixseboxse van de Oranjeraad maakte Stamsnijder de renners duidelijk dat zij rechtsomkeert konden maken als zij niet de bereidheid zouden tonen zich professioneel op te stellen. De reserves Kools en Van Bakel hadden na het geblesseerd afhaken van vaste keus Kuijper het vierde Nederlandse startbewijs voor het wereldkampioenschap in het Noorditaliaanse Corva voor zich opgeëist. De bondscoach had de indruk met een kleuterklas op stap te zijn en daar paste hij voor.
En terecht, denkt deze columnist.
Je moet, zeker als bondscoach, niet met je laten dollen. Stamsnijder is een naam die respect afdwingt. Wij keken vroeger eigenlijk alleen maar naar Studio Sport voor het voetballen, maar lieten de televisie na half acht wel aan-

staan. Ons Eibernest lieten wij korfballen, maar we babbelden er wel doorheen. Analyseerden de voorzet van Sjakie, de schaar van Pietje en de terrierhouding van Neeskens. Onder het motorcrossen in de Brabantse blubber van Sint Anthonis (kwam daar niet altijd de naam Broer Dirks voor?) namen wij de kampioenskansen van Ajax door en onder het veldrijden (altijd gewonnen door Hennie Stamsnijder!) wachtten wij op de kliekjes Engels voetbal. Stamsnijder zag je dan met de fiets op de nek tussen de bomen door sjouwen. Mannen stonden het langs de lijn koud te hebben en Hennie nam na honderd meter altijd de kop en liep tijdens de wedstrijd alleen maar uit. Volgens mij huilde hij na afloop altijd zijn bemodderde gezicht schoon en was ie volledig door het dolle als hij had gewonnen. Hennie Stamsnijder heeft nooit verloren in mijn jeugd en het irriteert me nu dat ik niet weet wat zijn beroep was. Je had de grasdroger uit Abbekerk, de kleine man uit Puttershoek of de motorracende tandarts, maar ik kan me van Hennie geen beroep herinneren. Was ie timmerman? Postbode? Of was wereldkampioen veldrijden zijn vak? Misschien had hij wel een afhaalchinees.

Hennie had nu alvast tegen Kools gezegd dat hij mocht rijden, vond dat later toch niet zo slim, belde terug om te zeggen dat hij zijn beslissing had herzien, ondertussen had Van Bakel gehoord dat Hennie naar Kools gebeld had en liet weten dat het voor hem niet meer hoefde. Hoogzwangere vrouw thuis en laat haar uitsluitend alleen als hij de zekerheid heeft dat ie zondag meerijdt. Ook dat zijn woorden.

Toen werd het de bondscoach te veel, iedereen mengde zich in de discussie en er dreigde onrust in de ploeg. En zo'n ploeg kan natuurlijk veel hebben, maar geen onrust. Onderlinge hetzes, heen en weer geloop op de hotelgang, roddel, achterklap, voortrekkerij, vriendjespolitiek en het kwaad kan alleen maar erger worden. Hennie heeft er absoluut een eind aan gemaakt door in het bijzijn van voorzitter Vixseboxse een bijeenkomst te beleggen. Ik denk ook dat dat de kracht is van Hennie. Hij had die jongens bij zich kunnen roepen, maar dan was het gekonkel en gestook alleen maar erger geworden. Nee, nu heeft hij het in het bijzijn van Vixseboxse gedaan. Dus dat was sidderen. Vixseboxse heeft niets gedaan. Alleen gezwegen. Maar dat was al genoeg. De voorzitter van de Oranjeraad liet door het zwijgen duidelijk merken dat hij Hennie steunde en Hennie had dat op dat moment nodig. Zijn gezag wankelde en als Vixseboxse het hoofd geschud had was de bondscoach van zijn sokkel gelazerd. Dus stel dat Vixseboxse van Hennie af had gewild dan was een simpele gelaatsuitdrukking genoeg geweest om de nijvere bondscoach de ww in te lazeren. De bondscoach heeft dus op Schiphol hoog spel gespeeld en dat is in hem te prijzen. Als ik zondagavond word geconfronteerd met de beelden uit Corva zal ik toch heel anders kijken. Wie rijdt er als vierde man? Kools of Van Bakel? Is Van Bakel al vader? Is Vixseboxse zaterdagavond nog wezen stappen? Hoe is het humeur van Hennie? Zo'n simpel bericht op de sportpagina brengt mijn hele weekend in de war. Heerlijk.

LOUIS

Er wordt gehuild bij PSV. Volendam is beter, RKC veel te sterk en tegen Sparta liep het afgelopen woensdag ook niet echt lekker. Vanenburg blijkt geen natuurlijk leiderschap te hebben, Heintze praat te veel, Romario moet ook zijn mond houden en Westerhof heeft donderdag vier keer te vaak de hond uitgelaten. Volledig in de war. Eerst hij en daarna de hond.

Hoe was het woensdagavond in de sky-box van DAF? Druk? Gezellig? Zei de barkeeper tegen de directie: 'Graag contant deze week' of was de box treurig leeg in dit kapitalistische peeskamertje voor te goed lopende bedrijven? Heeft Ploegsma de huur al gevangen? Ondertussen gaat het Ajax voor de wind. Het ene doelpunt is nog mooier dan het andere, er wordt gelachen op de training, Bobby Haarms wordt gedold onder het eten, Kieft wordt plagerig gebeld, de penningmeester wacht schaterend op de veertig miljoen die Juventus aan het eind van het seizoen voor Jonk en Bergkamp gaat neertellen en Van Praag heeft in een overmoedi-

ge bui al naar Berlusconi gefaxt om te vragen wat Ruud, Frank en Marco samen moeten kosten. 'Willen jullie het contant of per giro?'
Amsterdamse overmoed, Ajax op zijn best, even frisse lucht na de zorgen. Toch is er bij Ajax meer aan de hand. Er is iets met Louis van Gaal. Louis is een aardige jongen, begon na het plotselinge vertrek van Beenhakker iets te gretig aan zijn baantje, sprak toen de onvergetelijke woorden dat hij eerlijk was, werd daarom door de sportpers gehoond, bracht wel een cup naar Amsterdam, raakte Schippie voor meer kwijt dan hij waard was, kreeg gelijk in de zaak Roy, kocht Overmars, zit nog volop in de race voor het kampioenschap, heeft kans op de KNVB-beker en heeft de UEFA Cup nog steeds niet naar Genève hoeven sturen. Alle paarden zijn nog in de race. En nu gaat het mis in Eindhoven. Potten verwijten ketels en andersom, Romario mag openlijk gehaat worden, de oude Breuk kan zelfs niet meer lijmen en de heer Ruts heeft geroepen dat ze een gezonde zaak achter zich hebben in de hoop dat de spelers de beurspagina overslaan. Nou is die kans groot.
En wat doet Louis? Maakt Louis gebruik van de Brabantse malaise? Speelt hij verbaal blufpoker om de aartsrivaal te ontmoedigen? Niks daarvan! Louis is met hele andere dingen bezig. Louis maakt schoon schip. Sterker nog: hij schrobt het dek met Glorix. Hij neemt wraak op zijn voorganger Leo Beenhakker. Leo kocht Van Loen. Louis verkoopt hem met een dik verlies. Leo verkocht Ronald de Boer voor een miljoen aan Twente. Louis koopt hem an-

derhalf jaar later voor bijna drie terug. Dat is wel een hele dure Twentse cursus. Louis is koning, keizer, admiraal en los van de werkelijkheid. Hij zweeft door Avenhorn, drinkt cola-Bacardi in plaats van Bacardi-cola en probeert zich alle gesprekken met Leo voor de geest te halen. Hebben zij het over de spits Van Steendonk van RKC 2 gehad? Vond Leo het niks? Kopen! Bel naar Waalwijk en kopen die man. Had Leo wel oren naar Meijer van MVV. Lekker laten zitten in Maastricht! Hein Spanjaard van FC Zwolle. Leo vond hem te fragiel, te aardig en te belezen. Hij zei letterlijk: 'Een voetballer die van Scarlatti houdt... dat kan niks worden.'
'Kopen,' schreeuwt Louis nu in zijn kleine kantoortje. 'En die Scarlatti wil ik ook.'
Er is bij Ajax iets vreemds aan de hand. Er wordt een moddervette streep onder de rekening van Leo getrokken. Alle transacties worden teruggedraaid.
Leo vertrok te plots, te klaps, te oneerlijk en zit nu –boontje komt om zijn loontje– bij de Zwitserse Grasshoppers in plaats van bij het zinderende Real. Erger dan het koude, kille, lege stadionnetje van Grasshoppers kan niet. En Louis grijpt ondertussen zijn kans. Elke ooit genoemde naam wordt gekocht. Spanjaard, Praaning, Floberg, Lantink, Kwast en Streep. Allemaal komen zij komende week in de krant en daarna in de basis. En u zult zeggen: Wat hebben we aan Hein Spanjaard van FC Zwolle? Ik ben ook bang dat het niks wordt, maar in elk geval lopen er binnenkort elf Amsterdamse jongens rond die weten wie Scarlatti was. Mij lijkt dat prachtig. Maar waarschijnlijk haakt daar weer

een platenmaatschappij op in en komt er een house-versie van diverse sonates.
Oh angst, ga uit mijn dromen en laat Louis naar Real vertrekken, ofwel: Louis is een held.

ALUIN

In deze dagen speel ik in het gezellige Maastricht en moest gisteren nog een klein sprintje over het Vrijthof trekken om een klap op mijn grote bek te voorkomen. Een Maastrichtenaar vroeg: 'Heb jij MVV wel eens zien voetballen Youpie?' 'Nee. Jij wel?' antwoordde ik iets te gevat.
Het liep goed af en ik kon de grap gisteravond al gebruiken in het theater. Daar is een afspraak tussen het publiek en mij dat ik me van humor zal bedienen en dan hoef je niet zo hard te lopen. Zondag PSV-Ajax. Studio Sport zal er 's avonds uitgebreid verslag van doen en in elk geval slaapt mijn neefje Stijn van zeven de komende twee nachten zeer onrustig. Voordat zondag de Moeder aller Wedstrijden begint moeten we eerst door het saaie Studio Italia. Het valt me elke keer weer op dat het veel leuker is om naar Ajax te kijken dan naar het saaie Juventus, Atalanta of Lazio. Het komt ook door de betrokkenheid. Van een buitenlandse wedstrijd wil ik hooguit drie minuten doelpunten en kansen zien, maar iedere ingooi is teveel. Het is een hardnekkig

misverstand te denken dat wij, omdat er een paar Nederlandse jongens daar hun zakken vullen, geïnteresseerd zijn in de Italiaanse serie A. Toch kijken wij thuis altijd naar het saaie kwartiertje en doen dat ook om de presentator. Die eindigt het uitzendinkje namelijk altijd met 'ciao' en dat vinden wij zo erg, zo verschrikkelijk, zo burgerlijk, zo... En toch moeten we er elke week weer naar kijken. We gaan met het hele gezin heel dicht tegen elkaar aanzitten, huilen, smeken en bidden de man om het niet te zeggen, zetten het geluid harder om hem goed te kunnen horen, mijn zoontje van twee gaat heel hard 'lalalala' zingen, mijn dochtertje doet haar vingers in haar oren en perst haar ogen stijf dicht, mevrouw Van 't Hek zorgt dat het water fluitend kookt en ik wil graag een Mahlertje laten schallen. Bibberend staan we tegen elkaar aan, waarschuwen knijpend dat het gaat gebeuren en als hij dan 'ciao' zegt gaat er een hevige huiver door ons gezin. Mijn kinderen laten Sesamstraat er graag voor staan. Waarom toch kijken als je het zo erg vindt? Vroeger lag er op mijn vaders wastafel een stuk aluin. Als je daar aan likte smaakte dat heel vies. Toch kon ik het nooit weerstaan. Ik moest het doen. Ik moest even mijn tong er tegenaan drukken en elke keer vond ik het weer vies. Een rare sensatie sidderde door mij heen. Wat was dat lekker vies en het 'ciao' van de goed bedoelende Studio Italia-presentator is net zoiets. Dus vraag ik namens mijn familie: blijf 'ciao' zeggen, maar maak het spannend. Laat het soms weg en kom na de tune alsnog in beeld met een haarscherpe 'ciao'. Dat verhoogt de sensatie, geeft meer bijsmaak, doet

meer pijn en zal verslaven. Het wordt het 'En morgen gezond weer op' van de voetbalfans, het vervangt 'Tsjakka' en neemt de plaats in van 'Foutje, bedankt'.
Emile Schelvis krijgt een STER-spot voor pasta, Martini of Alfa Romeo en eindigt met het woord 'ciao'. Lubbers neemt het op in zijn Duitse moppentrommel en slaat volgend jaar nog harder kwink in Aken. Dus zet u zondagavond schrap. Nederland 3, om tien over zes begint het en tegen half zeven is het klaar. En om dat moment gaat het. Het voetbal kan je missen als schaamluis, maar het gaat om de allerlaatste seconde. De lome oogopslag van de held, de routine van het 'tot volgende week' en dan het aan de erotiek grenzende 'ciao'.
Was het elke dag maar zondag!

JACK

Al jaren roep ik dat Jack van Gelder de Theo Koomen van de jaren negentig is en natuurlijk heb ik al een keer terecht geschreven dat hij van de televisie af moet.
Op zondag is dat sportprogramma een zelfgescheten boterletter en over zijn programma Ter Land, Ter Zee en In De Lucht wil ik zwijgen. Alles komt in me op: braken, winden, schubbende oksels en noem nog maar wat. Dat Nederland voor een kleine negentig procent randdebiel is, is al erg genoeg, maar je mag het als presentator niet voor geld misbruiken. Nu naar Jack als Langs De Lijn-reporter. Klasse.
Afgelopen zondag reden mijn vrouw en ik naar het zuiden van Frankrijk om wat vakantie te houden en moesten derhalve PSV-Ajax missen. Aangewezen op de 747 middengolf reden wij rond de middag Maastricht uit, zoefden door de Ardennen en passeerden ruim op tijd voor de match de Franse grens. De hoogspanningskabels gaven geknetter, af en toe flardde er een Franse mevrouw doorheen, maar over het algemeen was de ontvangstkwaliteit prima. Jack had er

zin in, gaf een sfeerbeeld, babbelde zich los met collega Leo Driessen, analyseerde wat vooruit en was vanaf klokslag half drie scherper dan scherp. Boos op Faber, waarschuwend tegen Van Aerle, lovend over Numan, gekscherend over Vaantje en over Ajax had hij niets dan lof.

'Niet te veel galeryplay,' riep hij regelmatig en mijn vrouw trok dan een ooglid omhoog. Ze was even verstoord in haar boekje. Een voetbalwedstrijd is aan haar niet besteed. Ze weet evenveel van voetbal als Pim Verbeek en vader en zoon Kraay samen. Maar zelfs zij raakte door Jack enthousiast. 1-0 voor Ajax schreeuwde hij de speakers uit de autodeuren, bij 1-1 boog de antenne, bij de penalty van Romario reed ik met zwaailicht over de autoroute, bij de tweede goal van Linskens stond ik bij een tankstation en nog nooit heeft men zo'n beslagen auto gezien. De benzine was gestold in mijn tank. Als Ajacied was ik tot tranen toe teleurgesteld, maar Jack had mij toch twee heerlijke uren radio bezorgd. Jaren vijftig, haartjes nat, badjasje aan, flesje Perl en dan nog even luisteren naar een rechtstreeks verslag van een of andere wedstrijd. Dick van Rijn, Leo Pagano en uiteraard Theo Koomen. Mijn auto zweefde enkele centimeters boven het asfalt, de zon hing mooi laag boven Nancy en het enige minpuntje was dat Jack en Leo nog even onderling lollig gingen doen over het woordje 'irritant'. Niet doen jongens. Humor thuis en niet op de zaak als de microfoon openstaat. Mart en Kees hebben daar ook wel eens tenenkrullend last van. Niet doen. En Jack van Gelder: luister je band af, hoor hoe goed je bent, vraag loonsverhoging bij de

NOS en bel je TROS-baas met de mededeling dat je nooit, maar dan ook nooit meer op het scherm wil. Bied de kijkers eenmalig je excuus aan voor al je wanprodukten van de afgelopen jaren en weet dat ik voortaan elke zondag rondjes door het land rij om het radioverslag van jou te horen. Waar een vakantie al niet goed voor is.

TENNISBALLEN

Als je na sluitingstijd een paar meier scoort uit een ABN AMRO-muurtje moet je *f* 1,50 betalen, als je vraagt of je voor een bepaald bedrag rood mag staan, berekent de bank je sowieso al een paar procenten provisie over het nog niet opgenomen bedrag, als je bij gebrek aan pasje op het slimme idee komt om je gewoon ouderwets aan een balie te melden, kan je beter een snipperdag opnemen en ik geloof dat je daar ook weer voor betaalt. Via allerlei ingewikkelde buizen gaan er kokertjes met briefjes naar boven waar ze net aan het lunchen zijn. Toch wordt de balie altijd bevolkt door aardige meisjes en jongens aan wie je geen hekel krijgt.

Nee, het gaat om dat deel dat er net boven zit. Die geven dat vuig verdiende geld namelijk uit. De krijtstreepjes met het hockeyhoofd, het golfkapsel en de bridgelach. De banklul dus. Binnen een biertje staan ze over hun studententijd te brallen en scheppen ze nog even op over een pianootje dat van een balkon gegooid werd. Midden in de nacht, straal-

bezopen, gekke tijd was dat.
'Je kwam niet eens aan studeren toe,' en ondertussen denkt de schat dat jij dat niet gemerkt hebt.
Ooit kreeg ik ruzie (en daar ben ik gek op) met een driedelig grijs ABN-ertje en vloekte bij de deur dat ik nooit meer een stap in deze teringbank zou zetten. Stoer meldde ik me bij een driedelig grijs AMRO-ertje en las twee dagen later in de krant dat de beide bankjes gefuseerd waren.
'Banken geven een paraplu en vragen hem terug als het regent,' zei mijn oude vader al en inmiddels heb ik al heel vaak staan vloeken voor het kogelvrije glas.
Als je zoals ik uit een hockeymilieu komt heb je grote kans dat je ze ook in het weekend tegenkomt. De clubhuizen van alle Gooise, Haagse, Stichtse en andere Wassenaarse verenigingen zijn iedere zondag vergiftigd met de broques dragende, omslag in hun boxershorts hebbende banklulletjes. De tenten puilen uit! Voor mij was dat de reden om op mijn achttiende te stoppen met deze hernia bevorderende buksport.
Toch is het vaak heerlijk om je nog eens tussen de Burberries te mengen. Je hoort de droge sherrietjes vragen om een Chanelletje 5 on the rocks en andersom. Woorden als 'mieters' vallen er nog, maar ook 'ouwe lui' scoort hoog en vergeet in elk geval de 'golfplu' niet. Dat is die veel te grote, twee of nog meerkleurige paraplu die bij duizenden tegelijk opengaan als het op Studio Sport bij HCKZ-HDM gaat regenen. Het blijft een ander slag dan het Glamourlandvolk met hun foute Rolexjes, verkeerde brillen en gespoilerde auto-

mobielen. De Gooise teven straktrekkende dokter Molenaar is een uit de hand gelopen keurslager en geen bankierende hockeyer en Harry Mens zeker niet. Dat is gewoon een makelaar en harder kan je iemand niet uitschelden. De hockeyer behoort tot een volkje dat nu glimlachend dit stukje leest en de buurman ten voeten uit herkent. Ik haat ze niet. Ik heb ze lief. Vroeger smulde ik ook van ze op Het Melkhuisje. Tot Willem Duys daar ook kwam. Toen was het voorbij.

Is er nog een plek waar je de ouderwetse kakker kan treffen? De hockeyers zijn gewinterstopt en volgens mij is het voor golfen te koud. Dus als u dit weekend nog ouderwetse kakkers in het wild wil zien moet u naar Rotterdam. Daar gebeurt het in Lee Towers Palace ofwel sportpaleis Ahoy. Het ABN AMRO World Tennis Tournament. En dan moet je zorgen dat je een beetje in de buurt van de vips komt. Dat is niet echt moeilijk. Als je in je leven een keer rijk getrouwd bent geweest en je kan de dubbele meisjesnaam van je eerste schoonmoeder nog foutloos spellen mag je al naar binnen en dan moet je goed opletten. Let op wat ze zeggen, kakelen, hoe ze gerookte zalm snoepen en zie ook hoe weinig ze betalen. Op de een of andere manier zijn ze altijd de relatie van een relatie van een vrindje of daar weer een relatie van. Of een vrindje. Kijk ook goed naar de ballenmeisjes. Het Benetton druipt eraf. En vergeet de ballenmeisjesmoeders die de ballenmeisjes begeleiden niet. De furieuze blik die schreeuwt hoe trots ze is dat haar dochter ABN AMRO-ballenmeisje is.

Zie ook hoe de kakkers lekker in het Promodorp blijven snacken, kijk hoe ze jagen om in de schaduw van een bekende tennisser te komen en dan heb je een probleem. Want die zijn er dus niet. Krajicek heeft zich door een brace zonder ace naar huis laten meppen, Lendl hield het bij voorbaat al voor gezien en Becker begon spontaan te kotsen als hij aan al die parelkettinkjes dacht. Hij moest alleen nog even persoonlijk komen kotsen. Anders geloofden ze hem niet. Bankiers tillen zelf iedereen de hele dag en zoals de waard is vertrouwt hij zijn gasten. Dus toen Boris even stevig over de ABN AMRO-dokter had gevomeerd mocht hij terug naar Monaco. Maar dat alles wat favoriet is allang weg is, mag de pret niet drukken. We komen niet voor het tennis, maar voor elkaar.

En zo is het mevrouw Gans de Calkoen de Beaufort, vrouw van een bevriende bankrelatie en hou je maar lekker groot hoor meid.

Een ace is een service ineens, een volley is een bal die de grond niet geraakt heeft en in een keer uit de lucht wordt genomen, de baseline is...

Ach, mevrouw Gans de Calkoen is al weg. Dan zie ik haar donderdagavond wel in het Concertgebouw.

De bank heeft het toernooi er al dubbel en dik uit omdat het Nederlandse volk een weekendje staat te pinnen en volgend jaar is er weer een toernooi. Want wij pinnen wel door.

Ik niet, ik pin dit weekend niet.

Uit protest. Ik ga lekker ponywerpen.

WRAAK

Waar gebeurd. Ik denk dat ik zestien was en mijn broertje twaalf. Na jaren van prachtige strandvakanties in Egmond aan Zee besloten mijn ouders tot iets anders: Buitenland. Spanje zelfs. Dat rijd je niet in een dag en dus moest er onderweg geslapen worden.

'We zoeken iets onder Parijs,' zei mijn vader en als mijn vader dat zei dan werd het iets onder Parijs. Het werd Auxerre en als ik me goed herinner was het mijn eerste hotel. De regenachtige zwart-wit film van mijn herinnering toont een binnenplaats waar de auto, een schitterende bordeauxrode Opel Kapitän, mocht staan, een overdekt terras waar we hebben gegeten en volgens mij mochten wij, gewapend met onze eerste Franse francs, na het eten nog even het stadje in. Het hotel lag hartje centrum.

Toen we thuiskwamen waren de meeste gasten, net als wij, vermoeide doorreizigers, de kilometers van hun netvlies aan het dromen. Het viel ons op dat bijna iedereen de schoenen buiten de kamer had gezet en daar begrepen wij niets van. Vader legde uit dat deze dan de volgende dag gepoetst zouden zijn. Wij waren heel vroeg op en inderdaad: alle schoenen stonden te glimmen op de gang.

Onze plannen ontstonden altijd zonder woorden. Tommie lachte schamper, ik begreep wat hij bedoelde, opende een gangkast en binnen driekwart minuut lagen alle schoenen van onze gang daar in. Fluitend meldden wij ons bij onze ouders aan de ontbijttafel.

'Goed geslapen jongens?'

'Prima. Jullie ook?'

'Wij ook. Het is een heerlijk hotel. Wat valt er nou te lachen?'

'Oh niks,' grinnikten wij de confiture op ons croissantje.

In de verte hoorden wij het eerste gelazer al. Een schreeuwende Fransman aan de receptie, een verontwaardigde eigenaar die meeliep naar de gang en even later zijn zoon, tevens ontbijtkelner erbij riep. Deze wist ook van niets. De Fransman had inmiddels steun gekregen van meer ongeschoende Fransen, Duitsers en enkele Nederlanders.

'Maar ze kunnen toch niet weg zijn,' hoorden wij een wat bekakte man loeien.

'Wat valt er nou te lachen?' begon mijn moeder weer.

De zoon/ontbijtkelner, die ook de schoenen had gepoetst vocht tegen zijn tranen en zei voor de zoveelste keer dat hij het ook niet wist. Overal, maar dan ook overal werd gezocht. Het leek steeds meer op een film van Louis de Funes en terwijl de chaos completer werd, wisten wij dat we niet meer terug konden. Een bekentenis onzerzijds zou een regelrechte lynchpartij hebben betekend. Even overwoog ik de radeloze zoon apart te nemen en onze flauwe grap op te biechten, maar ook dat vond ik te riskant. Het jongetje was amper tien.

Midden in de heksenketel aan de balie rekende mijn vader af, dankte de waard voor de voortreffelijke maaltijd en de prima nacht en deze bood op zijn beurt zijn excuses aan voor de oorlog aan de receptie. Iedereen schreeuwde, het woord 'gendarmes' viel, mensen stonden oververhit op het glas van hun horloge te tikken om aan te geven hoe laat ze waar hadden moeten zijn.

'Wat is er toch precies,' vroeg mijn moeder.

'Iets met schoenen,' zei mijn vader, 'zo ver als ik het begrijp, zijn die mensen hun schoenen kwijt.'

'Hoe kan dat nou?'

'Dat weet ik toch niet,' zei mijn vader terwijl hij de twee 'koffertjes voor de nacht' in de veel te volle auto propte.

Opgelucht reden we Auxerre uit en mijn moeder vroeg voor de derde keer: 'Wat valt er nou te lachen?'

Het lichtje bij mijn vader ging steeds feller branden en drie kilometer later had hij de puzzel compleet.

'Dat moeten jullie nooit meer doen,' zei hij nogal opeens.

'Wat niet,' stamelden wij onschuldig.

'Moet ik het nog uitleggen ook?' en hij keek ons via de achteruitkijkspiegel quasi-vernietigend aan. We zagen ook dat hij een kleine lach niet kon onderdrukken.

Natuurlijk zijn de schoenen een half uur later gevonden en de hotelier heeft de puzzel uiteraard ook opgelost. In het

gastenboek zag hij dat wij Hollanders waren.
Vergeten is hij dit radeloze uurtje in zijn carrière nooit en afgelopen dinsdag heeft hij zijn zoon er nog eens stevig aan herinnerd. Toen ik afgelopen woensdagavond om drie minuten over acht onder een prachtig applaus het toneel van de Twentse Schouwburg in Enschede betrad schoot deze schoenpoetsende ontbijtkelner zijn club naar een meedogenloze 4-2. In mijn ooghoek zag ik de Fransen nog juichen.
Sorry Ajax, we waren jong en als we toen geweten hadden dat de wraak zo zoet zou zijn, dan hadden we het niet gedaan.

NEUS

Er zijn heel veel spiegelloze huizen in ons land. Afgelopen dinsdag liep ik de glazen uit mijn bril te kijken op het traditionele Boekenbal en zag verschrikkelijk veel verkeerde jurken met daarin spreeuwerige vrouwen die wel eens een half velletje gepubliceerd hebben of bij een gevreesde criticus horen.

Toen ik binnen kwam was de meerderheid al plezierig dronken, maar dat is geen excuus voor de stuitende lappen zwart waar de meeste dames zich in gehuld hadden. De stukken textiel zijn toch in nuchtere staat aangetrokken. Als je zag wat voor bejaarde scharminkelige kippevelschouders getoond werden zou je op slag een vegetarische homo worden. Dus ik was wel wat gewend toen ik diep in de nacht thuiskwam.

Ik bladerde op mijn video nog even door de avond en viel in het sportjournaal. IJshockey. De Flame Guards uit Nijmegen tegen de Meetpoint Eaters uit Geleen. Even dacht ik dat ik naar de wedstrijd Bosnië-Servië zat te kijken. Een zekere

Chris Brant opereerde zonder verdoving de neus van Fred Homburg en deze actie heb ik echt vier keer teruggespoeld. Brant knipte met zijn stick de neusamandelen van Homburg op dusdanige wijze dat mijn kinderen boven in bed hartverscheurend begonnen te schreien.

Mijn video is selectief, weigert de geestelijke invaliditeit van All You Need Is Love, Gert Berg, Ursul de Geer, Love Letters en De Honeymoonquiz en daarom was ik stomverbaasd dat deze beelden gewoon op de band terecht waren gekomen. Ik heb wat oorlogsmisdaden op televisie gezien, maar dit sloeg werkelijk alles. De geraakte Homburg ging het veld af en sloeg in dolle drift zijn stick tegen de reclameborden. Althans dat wilde hij, maar het mislukte. De stick vloog verkeerd en scalpeerde zijn eigen teamarts. De naam van de goede man ben ik vergeten en zelf weet hij hem zeker niet meer. Wederom heb ik de video een aantal malen heen en terug gespoeld en hield onderhand mijn maag heel goed vast.

Ik had lang geen ijshockey gezien. Mijn laatste herinnering is een wedstrijd tussen de Sovjetunie en Tsjecho-Slowakije met commentaar van Frans Henrichs. Dan zag je ook wel eens twee mannen hun schoudervulling tegen elkaar aanzetten en het ontaardde ook wel eens in wat onhandig duw- en trekwerk, maar dan was het fair. Maar dit sloeg werkelijk alles. Later begreep ik dat ijshockey de sport is waarbij een speler zijn stick het publiek in smijt en een tienjarig kind raakt, het is de sport van de bommelding en het is de sport van de over de grond rollebollende coaches. Teams slaan elkaar regelmatig de weinige hersens in, publiek gooit glas op het ijs en ik denk dat er intussen ook wel wat scheidsrechters in diverse verpleeghuizen rondzwalken in hun rolstoelen. Wat een vreselijke sport. Althans hier in Nederland. Na afloop gaven Brant en Homburg elkaar ook nog een hand. De neus van Homburg was gezet en goed verpakt in een paar kilo verband. Woensdag stond Homburg gespalkt en wel voorop de krant.

Mijn dochter vraagt bij alles 'waarom' en ook bij deze foto vuurde zij dit woordje op mij af. Ik kon het niet uitleggen.

Bij 'au aan de neus' gaat ze doorvragen en dan wordt het moeilijk. Ik begon omstandig uit te leggen dat de ene meneer van de andere meneer wou winnen en een beetje kracht, IQ en inzicht tekort kwam en zodoende een poging deed om de man persoonlijk in te vriezen onder de middenstip.

'Ik wil ook ijshockey,' huilde mijn zoon en ik legde hem uit dat dat niet mocht van papa. Hieruit kwam een hartverscheurende scène en het eind van het liedje was dat ik hem een ontzettende harde lel voor zijn kleine koppie gaf. De held van net twee keek me aan met een trillende onderlip en stopte met huilen. Even later gaf hij me een kusje om het goed te maken.

Hij gaat echt ijshockeyen, dacht ik. De dreumes zit nog op de peuterspeelzaal dus ik heb nog plenty tijd om het uit zijn kleine hoofd te praten.

En als dat niet lukt?

Dan krijgt hij weer een klap voor zijn harses.
Als hij dan nog wil is hij er vast aan gewend.

SMØRRE EN DØRRE

Het begin van het seizoen zag er zo veelbelovend uit. Een nieuwe trainer, een nieuw geluid. PSV ging onder de naam Philips Europa in, Vaantje zou geen duim meer zuigen en werd de nieuwe leider, Romario zou zich volwassen gedragen en...

Gisteren belde Timmer persoonlijk naar Ploegsma of ze zo snel mogelijk weer onder de naam PSV wilden gaan spelen. Het ging al rot genoeg met de gloeilampenfabriek.

'Waarom noemen jullie jezelf geen DAF of Fokker?' grapte de president door zijn autotelefoon, maar de PSV-manager kon het maar matig waarderen.

De malaise in Eindhoven is compleet. RKC is een Mont Blanc, Heerenveen een Mount Everest en het voor merendeel uit semi-profs bestaande Göteborg heeft zelden zo gelachen als afgelopen woensdag.

Nou was het ook erg komisch.

De aardige Hans Westerhof had zijn pep-talk afgerond met 'het eerste kwartier op de nul en daarna gaan we op de counter', de jongens hadden dit goed in hun hoofd geprent en toen zat de eerste Zweedse goal eerder dan de bank van PSV. 'Eeeeeee-eeeeee dat is snel. Het lijkt Overtoom wel,' humorde Nilsson tegen de grazende Van Breukelen.

Toen Westerhof op slag van rust dacht: we hebben het toch nog aardig droog gehouden en naar binnen wou gaan, hoorde hij op het moment dat hij zich omdraaide een oorverdovend gejuich. De bejaarde Tiggel was eruit gelopen door de oude Ekström en IFK had zich verzekerd van de winst. Er staat meer dan vijf ton voor een punt en je mag dus zeggen dat de Zweden in drie kwartier een leuk uurloon bij elkaar gesprokkeld hadden.

Westerhof vertelde in de rust dat ze nog alle kansen hadden en hoorde zichzelf jokken. Maar wat moest ie dan? Voorstellen om de spelersbus met gedoofde lichten naar het hek te duwen, hem daar te starten om dan als dieven in de nacht te verdwijnen?

Prachtig beeld: de tweede helft zal beginnen, iedereen staat klaar, Göteborg, de scheids en zijn grenzen, de reporters, de camera's, het publiek en......

Alleen de Eindhovenaren zijn er nog niet. Iedereen kijkt gespannen naar de ingang van de spelerstunnel. Er gebeurt niets. Uiteindelijk gaat een official van de UEFA kijken waar de jongens blijven, ontdekt de overhaast verlaten kleedkamer en komt als in een film de tunnel uitstormen.

They're gone, schreeuwt hij rauw door het stille stadion en er gaat een hilarisch gejoel op.

Stripverhalenfantasie, denkt Hans Westerhof en treuzelt richting het veld.

Hij denkt dat hij reuze populair is. Op het moment dat hij namelijk het veld betreedt juicht het stadion uitzinnig. Het blijkt drie-nul te zijn.
De Zweden hebben haast. Ze moeten morgen weer vroeg op. De een is melkboer, de ander postbode en er loopt een meteropnemer van het gas en licht bij.
Numannetje vecht tegen zijn tranen, Romario weet nu helemaal zeker dat hij weg wil en de rest vraagt zich af of ze zich binnen een maand bij het Arbeidsbureau moeten melden. PSV wil de contracten namelijk gaan verlagen.
Na afloop biedt IFK de gasten traditiegetrouw een buffet aan. Een heel oud Zweeds gerecht wordt op traditionele wijze geserveerd. Het smaakt de Eindhovenaren niet echt, terwijl wij het vroeger in Holland ook wel aten.
'Hoe heet dit,' vraagt Ploegsma aan zijn Zweedse collega.
'Smørre en Dørre,' antwoordt de blonde Zweed.
Niemand snapt het.
's Avonds op de hotelkamer pakt de leergierige Numan het boekje *Hoe zeg ik het in het Zweeds?* en zoekt onder 'smørre'.
Dat blijkt spek te zijn.
Dan zullen dørre wel bonen zijn.
En inderdaad: dat klopt.

HOCKEYFAMILIE

Het rommelt in de grote hockeyfamilie. De Nederlands elftalspeelster en tevens vriendin van topcoach Donald Drost heeft iets lelijks over de bondscoach gezegd en kon vertrekken. Dit was een wijze les voor oom Donald en toen zijn topspeler Jackie Brinkman kritisch uit de hoek kwam kon ook hij gaan. Ondertussen was de topcoach van topclub HDM ook al opgestapt, waren bij topclub HCKZ twee topspelers geschorst en verder was ook de kritiek van topcoaches Tom van 't Hek en Donald Drost in het zondagsblad Een Tijdje Op Zondag niet mals en... inderdaad: het is niet alleen bier wat er schuimt.

Hockey is een sociaal gebeuren. De clubs worden gerund door vaders en moeders die met een bestuursfunctie hun huwelijk redden, de kinderen van deze ouders beginnen op het eerste het beste jeugdfeestje aan elkaar te frunniken en blijven het daarna in wisselende samenstelling met elkaar doen tot ook zij verworden zijn tot ouders met een middelmatig huwelijk en de club en zichzelf redden met een bestuursfunctie.

Ook in het hockeyen mag de coach het volgaarne met de pupil doen en wat dat betreft is het een echte topsport en blijft er altijd voldoende stof tot praten, drinken en neuken. Een paar keer per jaar meld ik mij als toeschouwer op een club en tref alle zelfde gezichten met hetzelfde glas op dezelfde kruk naast de andere kruk en zij praten nog altijd even lustig over Jorritsma, Oltmans, Kervezee, Floppie en andere helden. De ouders spoelen ondertussen de glazen, de labradors hebben een lollige boerenzakdoek om en tegen half acht rijdt de hele club straalbezopen naar de plaatselijke pizzeria. Maandag nieten ze het krantje, dinsdag tot en met vrijdag trainen ze met een pilsje na, zaterdag fluiten ze de jeugd en op zondag zijn ze zelf aan de beurt. En ondertussen maar praten, drinken en neuken met elkaar.

Wat hockeyers ook graag doen is opstappen. De ene familie krijgt stront op de Gooische Hockeyclub en stapt massaal over naar de hockeyclub Hilversum waar het allemaal veel beter is. Op de Bussumergrintweg komen ze luid toeterend de familie tegen die net kokend van woede de overstap van Hilversum naar de Gooische Hockeyclub maakt. Op het kruispunt Crailo botst op dat moment het gezin dat van Kameleon onderweg is naar Be Fair op de familie die zojuist hoogpolig van boosheid het clubhuis van Be Fair heeft verlaten en zich gaat aanmelden op de Hockeyclub Laren.

Zo vraag ik aan mijn Groningse zus altijd heel veilig hoe het op de 'club' is omdat ik al vier keer de verkeerde naam heb genoemd. Dan is het weer Groningen, dan weer HMC, dan weer Groninger Studenten en daarna houdt het op. Op dit moment is zij lid van Assen, Rolde of Diever.

Mijn Limburgse broer begon op Venlo en is via Roermond en Gulpen in Maastricht beland, waar ze het naar zijn zeggen allemaal veel beter geregeld hebben en er wordt daar gelukkig niet zoveel geroddeld.

Over vijfentwintig jaar rommelt het nog steeds in de hockeyfamilie.

De Nederlands elftalspeelster en tevens vriendin van topcoach Ronald Drost, zoon van de vroegere topcoach Donald, heeft iets lelijks over de bondscoach gezegd en kon vertrekken. Dit was een wijze les voor oom Ronald en toen zijn topspeler Floris Jan Brinkman, zoon van de ex-international Jackie, kritisch uit de hoek kwam kon ook hij gaan. Ondertussen was de topcoach van topclub HDM ook al opgestapt, waren bij topclub HCKZ twee topspelers geschorst en verder was ook de kritiek van topcoaches Ties van 't Hek en Ronald Drost, allebei zonen uit een echte hockeyfamilie, in het zondagsblad Een Tijdje Op Zondag niet mals en... inderdaad: het is niet alleen bier wat er schuimt. Tommie, Jackie en Floris Jan spoelen de glazen en hun vrouwen roddelkonten zich purper in het gevonden voorwerpenhok. Erg hè!

AJAX

Duco is de vriend van Mieke en van hem kreeg ik onlangs een prachtig stukje fröbelwerk op mijn verjaardag. Hij had mijn hoofd uit een roddelblad geknipt, op het lijf van Overmars geplakt, daar een full colour t-shirt van laten maken en ik moet toegeven: het misstaat Overmars niet.
Van Mariken kreeg ik op diezelfde dag een paar Ajax-bretels, Ajax-sokken had ik al een keer van Thomas gekregen en ik weet niet hoe het kwam, maar afgelopen woensdagochtend vlogen deze kledingstukken automatisch uit de kast. Een rode blouse completeerde het geheel. Toen ik mijn dochter uit de kleuterschool ging halen zag ik diverse moeders wat langer kijken. Eentje vroeg het zelfs gewoon rechtstreeks: 'Jij bent toch al bijna veertig Youp?'
De hele dag was ik nerveus, het Ajax-Feyenoordgevoel hing op een prettige wijze tussen mij en de wereld. Ik besprak de wedstrijd met Dick van de coffeeshop, met mijn zangleraar Jan, met Betsie van de sigarenwinkel, met mensen die niet eens wisten dat de wedstrijd was en eerlijk is

eerlijk: niemand was echt gerust op de uitslag.
Ajax was nou niet bepaald in topvorm, de Rotterdammers waren dat wel, Jonk was nog steeds geblesseerd, Feyenoord speelde thuis en blaakte de laatste weken van zelfvertrouwen.
Ondertussen dacht ik: jij bent toch al bijna veertig Youp?
Ruim op tijd reed ik richting Apeldoorn, was niet de enige die dat deed en kwam dus alsnog in een paar files. Om kwart over vijf zat ik stevig voor de televisie van de artiestenfoyer van de plaatselijke schouwburg en gelukkig zat er een Feyenoorder in ons gezelschap. Dan weet je waarvoor je het doet.
De uitslag is bekend, het doelpunt van Bergkamp is dezelfde nacht herhaald in vele jongensdromen en ik sprak onmiddellijk de hoop uit dat Edgar Davids familie van de legendarische Heintje Davids is. Dan komen we namelijk nooit van hem af.
Onmiddellijk belde ik een rondje langs mijn vrienden en smulden we nog even na van de prachtige vernedering. 's Avonds had ik mijn oude vader en mijn kleine broertje in de zaal en de hele pauze vulden we met de 5-0 overwinning. Ik mag dan bijna veertig zijn, mijn vader is de tachtig gepasseerd. Hij genoot dus dubbel.
Feyenoord-Ajax of Ajax-Feyenoord. Daar gaat het om. PSV speelt in dit sprookje niet mee en zal er nooit in mee spelen. Elke Feyenoorder kent de klinkende overwinningen op de Amsterdamse aartsrivaal en wij hebben de nederlagen graag verdrongen. Hoewel een 9-3 voor Feyenoord

nog altijd als een houtwurm door mijn hoofd knaagt.
'We werden scheel getikt,' bekende John de Wolf, Van Hanegem liet zich niet zien, Van Loen zeurde over een blessure en de rest van de Feyenoorders zat al thuis bij moeder de vrouw achter de vette karbonades terwijl de Ajacieden nog lallend stonden te douchen.
Winnen van Feyenoord is het leukste wat er is en met 5-0 is het nog leuker en daar een stukje over schrijven in de Nieuwe Rotterdamse Courant is nog leuker. Feyenoord zint uiteraard op zoete wraak en volgende maand zal het Olympisch Stadion heerlijk zinderen. Of ik me die dag wederom in het rood-wit hul weet ik niet. Dat is het tarten van het lot. En daarbij: ik ben al bijna veertig.

SCHIETEN

'PSV laat Erik Meijer schieten,' vertelt een klein kopje in het AD van gisteren en ik heb daar lang naar zitten kijken. Is dat nou waar of niet waar? Zover ik heb begrepen liet PSV voorlopig alleen Porto schieten en nog raak ook. Volgens mij laten ze Meijer dus niet schieten. Leuke kop.

Romario lieten ze in elk geval niet schieten en de grote vraag is wie dat volgend jaar wel doet. Moet hij naar Ajax? Krijgen wij hem eronder? Is hij de ideale opvolger van Dennis of willen we dat verwende kreng niet? Louis en ik zijn er nog niet uit.

Kampong laat Brinkman schieten en nog wel in Duitsland ook. Aardige Sjakie heeft nu moeten sjoemelen met zijn spelerspasje, zijn Duitse adres en kon bijna niet in ondertrouw omdat hij zijn paspoort vrijwillig bij de Duitsers had achtergelaten. Dan moet je toch wel heel erg van hockeyen houden wil je dat doen.

Maradona schoot prachtig. Hij beschuldigde de Italianen van een hetze tegen de Argentijnen en dat zou wraak zijn omdat Argentinië van Italië had gewonnen tijdens de laatste WK. Heerlijk verhaal. Landgenoot Claudio Caniggia had zijn neus gepoederd en er werden wat cola-light-sporen in zijn bloed teruggevonden. Ondertussen is Diego zelf ook weer voor twee maanden geschorst wegens een opstootje na een wedstrijd. Waarom eindigen zoveel vedettes zo treurig. Zwemmer Matt Biondi zegt gewoon zelf 'Ik stop er mee' en stopt er ook mee.

De dambond liet Sijbrands schieten. Ton verliet het Apeldoornse stadhuis omdat er teveel lawaai-overlast was. Nou heb ik me laten vertellen dat Ton wel een beetje een trut is. Hij heeft viltjes onder de damstenen laten aanbrengen omdat het schuiven anders pijn aan zijn oren doet. Maar goed dat hij nooit tegen mijn broers gedamd heeft. Die sloegen met een dam altijd drie keer triomfantelijk door het bord heen en dat alleen om mij te pesten.

Boem-boem-boem! Ik begreep er altijd weer niks van. Zo had ik nog een bord vol en zo was het leeg. Nou ben ik het in dit geval wel met Ton eens. Als je gaat dammen in een gemeentehuis dan verwacht je geen lawaai en zeker niet van werkende ambtenaren. Het lawaai kwam dan ook niet van de Apeldoornse ambtenaren, maar van de plaatselijke tapijtboer die iets te vrolijk door het pand liep te shamporallen.

De Nederlandse overheid laat de jagers op trekvogels schieten en als die vogels zo dom zijn om elk jaar weer de zelfde aanvliegroute te kiezen dan is het hun eigen schuld dat ze worden neergehaald. Hadden ze maar geen trekkervogel moeten worden. Daarbij is jagen een hartstikke leuke sport. Ik heb me laten vertellen dat de fazanten waar Prins Bernhard op mag schieten eerst een sterk magneetje moeten slikken zodat de hagel automatisch hun kant op komt. Dat lijkt me nou echt heerlijk. Je gaat 's morgens vroeg in het riet zitten en haalt een paar wilde eendeborsten naar beneden. Dat smaakt toch veel lekkerder. Toevallig weet ik dat in de hemel zwaar bewapende ganzen en eenden op mensen jagen. Het is daar één groot wild west. Bernhard weet dat en wil om die reden voorlopig niet dood. Stel dat ze je in de hemel dood schieten. Wat moet je dan?

CROISSANTERETTE

Het bruisende Bussum. Disco The Smugglers is failliet, café restaurant Prinses Margriet verdwenen, hotel Cecil veranderd in een eigentijds eetcafe en waar is De Rozenboom? Het is met Bussum gegaan als met Spijkenisse, Terneuzen, Hardenberg, Weert en al het andere leed in de provincie. Als vertegenwoordiger in grappen kan ik het weten. Ik ken de smaak van Nederland. Al die vreselijke winkelcentra lijken zo verschrikkelijk op elkaar dat ik tijdens een wandeling door een van die plaatsen regelmatig op mijn tourneelijst moet kijken om te weten waar ik ben.

In die andere plaatsen heb ik het niet zien veranderen. In Bussum wel.

Ik ben er tweehonderd meter vandaan geboren, getogen, gepokt, gemazeld en heb de verkrachting gezien. In mijn vroegste jeugd begon het met het afbreken van het historische stadhuisje aan de Brinklaan en daarna is het doorgegaan. De smaak van wethouder Lakeman, de heldere toekomstvisie van raadslid Kehl en de revolutionaire kijk van ex-burgemeester Aantjes (inderdaad: broer van) hebben het Gooise dorp veranderd in een treurigheid die zijn weerga niet kent. Een Bruna, een Free Record Shop, een Mister Minit, een Bart Smit en ga zo maar door. Natuurlijk nog een paar zaken met een hoog truttigheidsgehalte en daar kunnen de dames hun gans met de strik om de nek kopen. Bussum is Sittard, Drachten, Hilversum en Amstelveen. Bussum heeft nog wel de mentaliteit van vroeger. De VVD is uiteraard de grootste partij in deze Gooise gemeente en dat merk je nog aan veel. In de plaatselijke schouwburg valt vaker de nieuwe Opel Vectra te bewonderen dan een stukje toneel en onlangs deed de cultureel hooggeschoolde directeur nog een poging om een voorstelling van mij te slijten aan een plaatselijke spijkerbroekenboer. Een handjeklapconstructie die in die liberale kringen heel normaal is. Verder hangt er altijd nog wat gezonde kak in de lucht. Vorige week vertelde een meisje van twaalf mij dat een klasgenootje tegen haar zei: 'Jij fietst altijd langs ons huis en als je dan een klein autootje op de oprit ziet staan, is het niet van mijn moeder, maar van de werkster.' Heerlijk. Gooiser kan het niet.

Nou een beetje erger kan eigenlijk nog wel: in de Boekenweek mocht ik met een paar andere schnabbelende schrijvers een stukje komen voorlezen in een van de plaatselijke middelbare scholen. Dit werd georganiseerd door Geletterd Bussum en toen de voorzitter van dit clubje vernam dat deze stukjesschrijver annex cabaretier de zaal kwam vermaken trad hij onmiddellijk af. Geen lichtgewichten op zijn feestje. De schat bleek zelf ook schrijven als hobby te hebben en had zelf al twee, door zijn vrouw gelezen, boeken geschreven. Sterker nog: hij had daar zelf ook wel eens staan voorlezen. Lief hè?

Verder is er over het slaapdorp met zijn vele forensen niet veel te melden. Behalve dan dat er een paar vrienden van mij wonen. En mijn broer, en hij is een van de leukste mensen die ik ken.

Maar om nou te zeggen dat ik nachtelijks geplaagd word door schrijnende heimwee. Nee!

Gisteren werd ik opgeschrikt. In een krantje las ik dat Yvonne van Gennip, de koningin van Calgary, in deze woestenij een broodjeszaak gaat beginnen.

Heel Nederland heeft voor deze schat op zijn kop gestaan. Tussen 13 en 27 februari 1988 had niemand het over iets anders. De favoriete Kania werd gedegradeerd tot een pluisje, 4.11,94 op de drieduizend en daarna volgden ook op de vijftienhonderd en de vijfduizend twee nieuwe wereldtijden. Verder stak zij schalks haar tong uit naar de miljoenen televisiekijkers, werd door zestigduizend mensen toegejuicht op de Grote Markt van Haarlem, maakte zelfs een rijtoer door die stad, hing veertien dagen later in Thialf vrolijk aan de koninklijke billen van Willem Alexander en werd zelfs getipt als toekomstige Prins Claus.

In haar speech in Haarlem hoopte ze voor velen een voorbeeld te zijn geweest en zelfs ik (met de mooiste vrouw van Nederland) was een beetje op het meisje met de clownsneus.

En nu doet ze dit. Een broodjeszaak in het verschrikkelijke Bussum. En dat na drie keer goud!
'Mag ik van u drie broodjes gezond?'
Verder schijn je er geen lekkere dichtslibbende roomboter te kunnen krijgen, maar uitsluitend vieze dieetmargarine. Ook dat nog.
Oh Yvonne, bel me en zeg me dat het niet waar is. Begin een modezaak in St. Tropez, een oesterbar in New York, een galerie in Cannes, ga Warhol en Laurens Jan Mol promoten in Moldavië, vestig je in Praag als agente van Yves St. Laurent, ga gewoon zitten nadenken over de raadsels van de dood en doe dat in een hoog en wit kantoor aan de Amsterdamse Herengracht, lees alles van Pessoa onder een oude plataan, maar ga niet je eenmalige leven verdoen in een Croissanterette in Bussum.
Het volk heeft je naam gescandeerd, de haarscheurtjes in de fundamenten van Thialf komen door jou, de vlaggen hebben voor je gewapperd en nu moet ik je Bussumse Kadetterie binnen stappen en vragen om een half stokje.
'Een half stokje wat?'
'Een half stokje brie.'

VOETBAL-LES

Groenewoud en Rab! Zij geven Willem van Hanegem voetbal-les. Onder hun leiding kan Van Hanegem gediplomeerd trainer worden. Is dat lief of is dat niet lief? Mevrouw Groenewoud staat bij de SRV-man te pochen dat het lot van De Kromme in de handen van haar man ligt en mevrouw Rab vertelt aan een vriendin dat haar Jan heel belangrijk is in het voetbalwereldje. Gisteren deed Willem examen en gelukkig kwam Pim Doesburg ook even in beeld. Pim is keeperstrainer bij Feyenoord en in voetbalkringen doen veel grappen de ronde over zijn Schotse zuinigheid. Het enige wat hij in zijn leven ooit heeft weggegeven is een corner. Dus nu gaat hij zien dat een collega een papiertje krijgt. Hij wordt al kortademig bij het idee.
Gisteravond was er bij Barend en Van Dorp de zoveelste reportage over deze zielige klucht en ik keek er zeer lamlendig naar. Ik kreeg vooral de slappe lach toen ik Groenewoud publiciteitsgeil een telefoongesprek zag onderbreken. Hij kreeg een spontane zaadlozing. Ik ben op de televisie!

In gedachten zag ik de uitreiking van het belangrijke vodje. 'We geven u het diploma meneer Van Hanegem, maar willen u toch nog wijzen op een paar zwakke punten. U moet nog iets meer aandacht besteden aan de activiteit van uw spelers aan de niet-balzijde en...'
Willem dwaalt met een lamaarlullenblik af en draait een klein filmpje van vrouw en kinderen in zijn hoofd.
Uiteindelijk heeft Johan Cruijff zijn diploma ooit zo gekregen, maar eigenlijk had ook hij naar de cursus gemoeten.
Ziet u het voor u:
Johan komt binnen, gaat zitten, opent zijn naar nieuw ruikende schooltas, pakt een vers schrift met harde kaft en lijntjes en zet vast de datum op de eerste bladzijde.
'Wat gaan wij vandaag doen?' vraagt Ron. Johan kan bijna niet wachten op het antwoord. Hij knijpt zijn ogen samen, tongetje hangt uit zijn mondhoek en verkrampt probeert hij de wijsheden van Ron en Jan aan het hagelwitte papier toe te vertrouwen. Het is maar goed dat JC het papiertje gekregen heeft. Toen hij de eerste keer in Barcelona kwam heeft hij namelijk de taxichauffeur de weg naar Nou Camp uitgelegd. Als hij in Zeist de cursus had gedaan en ook nog had afgemaakt zat het superduo Rab en Groenewoud nu oude Engelse opstellingen te borduren in Zon en Schild.
Als je Ron Groenewoud bent en je denkt tijdens een stevige stoelgang eens rustig na over je eenmalige bestaan hier op aarde, vind je dan op een gegeven moment dat je het goed gedaan hebt omdat je Van Hanegem aan een diploma hebt geholpen? Of weet je gewoon dat je jezelf van de straat

houdt met lucht? Durf je aan het komende kerstdiner tegen je kinderen te beginnen over het landskampioenschap van Feyenoord? Heeft hij het lef om na een klein glaasje te suggereren dat het ook een beetje zijn verdienste is? Hij heeft Willem uiteindelijk aan het felbegeerde diploma geholpen! Zullen de Bergertjes, de Verbeekjes en de Rekertjes nou echt denken dat dat papiertje enige waarde heeft? Staan die Rab en Groenewoud zich nou nooit eens voor de spiegel te schamen en huilen ze nou nooit 'Ik ben volkomen mislukt' door het stille huis. Of hebben ze gewoon telefoon in de auto onder het motto: ik moet altijd bereikbaar zijn.

In mijn achtertuin bloeit de Japanse Kers als nooit tevoren. Zonder diploma.

De stucadoor maakt de kamer van onze jongste dochter prachtig en ik vraag hem van wie hij dit vak heeft geleerd? 'Van mezelf,' antwoordt hij in schitterend Amsterdams. Als dat maar goed komt met die kamer.

LAATSTE

Koninginnedag. Vannacht kwam ik na de voorstelling in het Friese Drachten via de Middenweg Amsterdam binnen rijden en zag naast de ingang van het Ajax-stadion een man zijn handel op een oude deken uitspreiden. Een eenzame figuur in de nacht. Alle anderen waren kilometers verderop bezig, hadden al een hoop klandizie en hij zat in het doodstille niemandsland. Ik zette mijn auto langs de kant en liep erheen. Al gauw zag ik dat het Kees Ploegsma was. Hij had Heintze, Van Aerle en Romario op een rijtje gezet, inspecteerde hun kleren en zei: 'Lachen als ze komen. En blijven lachen.'

Thuis spelde ik de lintjesregenpagina en zag dat Hans van Breukelen, Joop van den Ende, André van Duin, Cees Nooteboom, Joop Stokkermans, Rien Poortvliet en Elly van Hulst in de prijzen zijn gevallen. Geen Bergkamp en Overmars, terwijl deze Ajacieden Nederland in de race voor het Amerikaanse WK hebben gehouden. Dan mag Trix zeggen dat hun actie een beetje laat kwam, maar het

zegt ook veel over de flexibiliteit van onze vorstin.
Ik heb nog bij de H gekeken of ik er zelf bij zat en dat was helemaal bitter. Vijf jaar lang zet ik me na een slopende voorstelling achter mijn computer om er diep in de nacht nog een vlammende column uit te ranselen, vijf jaar lang bel ik met vrienden en bekenden voor een gekke invalshoek, een andere kijk en wat is het verdiende loon?
Geen lintje.
Toen ik tegen de chef van de sportredactie zei dat ik rond koninginnedag met deze column wilde stoppen, vroeg hij of er een manier was om mij te overreden. Geld? Andere dag? Andere plek? Langer? Korter? Vaker? Of juist minder vaak?
'Er is een manier,' zei ik, 'maar die moet je zelf bedenken. Bedenk je hem niet dan staat op koninginnedag mijn laatste stukje op de sportpagina.'
Vetter kon ik het woord niet uitspreken, beter kon ik de hint niet onderstrepen, maar het werd door de chef niet opgepakt.
Mijn gisteren geridderde buurman wist al een week van tevoren dat hij zich bij van Thijn moest melden en ik heb deze week drie keer de PTT gebeld of er misschien niet op een of andere manier een brief was zoekgeraakt. Hoe word je ridder? Je wordt voorgedragen door vrienden of collega's die een grote waardering, enzovoorts...
Zelfs Wim Bosboom heeft een lintje. Het gerucht gaat dat

de rechtse babbelkous van de TROS, die zoveel succes heeft met zijn vrijdagse programma *Wim Bosboom slaat door*, de nieuwe manager van de breed denkende Marco van Basten wordt, Marco heeft vorige week aan Barend en Van Dorp even uitgelegd wat er allemaal niet goed was aan Nederland en deze visie was onthutsend lief. Ik zag hem afgelopen maandag in een restaurant zitten met G.B.J. Hiltermann en de Bolkesteintjes. Marco zou wel eens premier van ons land kunnen worden en dan zorgt hij ervoor dat niet al het belastinggeld naar die mafkezen in de gevangenissen gaat. Ik durf te wedden dat Marco daar in Milaan geen Telegraaf leest. Dat zou een te gemakkelijke conclusie zijn.
Maar geen van mijn collega's heeft mijn opgegooide lintjesbal gevangen en derhalve leest u op dit moment mijn laatste sportcolumn.
Het doek valt, het zaallicht gaat aan en de columnist schminkt zich in een hoekje van de catacomben droevig af.
'Tevreden?'
'Nee meneer Jansma, nooit tevreden! En de redactie vond het de afgelopen tijd ook niks.'
'Hoe komt u daar nu bij?'
'Anders had ik namelijk wel een lintje gekregen.'

COLOFON

Eerst de man, dan de bal van Youp van 't Hek werd in de lente van 1993, in opdracht van Thomas Rap te Amsterdam, gezet en gedrukt bij Knijnenberg te Krommenie. De afwerking geschiedde door Kloosterman Boekbinders te Amsterdam.

Omslagontwerp en typografie: Rudo Hartman, Den Haag.

Omslagfoto: Vincent Mentzel, Rotterdam.

ISBN 90 6005 495 4

De columns werden in de periode juni 1992 tot mei 1993 op de sportpagina van NRC Handelsblad gepubliceerd.

1STE druk, mei 1993

2DE druk, juni 1993

3DE druk, augustus 1993

4DE druk, oktober 1993

5DE druk, december 1993

6DE druk, maart 1994

7DE druk, april 1994

8STE druk, september 1994